THE DECAMERON PROJECT
The New York Times Magazine

十日谈

新冠时期故事集

《纽约时报》杂志 编
鲁冬旭 译

湖南文艺出版社

目录

前言　　　　　　　　　　　　　　　　　　　i
简介　　　　　　　　　　　　　　　　　　　v

外面　埃特加·凯雷特　　　　　　　　　　　1
木兰花下　李翊云　　　　　　　　　　　　　7
相认　维克多·拉瓦勒　　　　　　　　　　　15
这样一片蓝天　莫娜·阿瓦德　　　　　　　　27
临床笔记　莉兹·摩尔　　　　　　　　　　　43
散步　卡米拉·夏姆斯　　　　　　　　　　　55
洛杉矶河畔的故事　科尔姆·托宾　　　　　　61
屏幕时间　亚历杭德罗·桑布拉　　　　　　　75
团队　汤米·奥兰治　　　　　　　　　　　　89
石头　莱拉·斯利玛尼　　　　　　　　　　　99
没耐心·格里塞尔达　玛格丽特·阿特伍德　　107

纪念品　安德鲁·奥黑根	121
提红色大行李箱的女孩　蕾切尔·库什纳	135
晨边　蒂亚·奥布莱特	153
我们从前玩过这样的游戏　迪诺·蒙格斯图	165
十九路巴士　伍德斯托克/格里森　凯伦·罗舒	175
如果愿望是马　大卫·米切尔	195
系统　游朝凯	211
完美的旅伴　保罗·乔尔达诺	227
乐于助人的强盗　米亚·科托	243
睡眠　乌佐丁玛·伊维拉	249
地窖　蒂娜·奈叶利	263
那次，在我弟弟的婚礼上　莱拉·拉拉米	279
死亡的时间，时间的死亡　胡利安·福克斯	287
谨慎的女孩　里弗斯·所罗门	295
起源故事　马修·贝克	309
墙　埃斯·埃德扬	319
巴塞罗那：开放的城市　约翰·雷	327
一件事　埃德温奇·丹蒂卡特	339

前言

2020年3月,一本十四世纪的书突然在许多书店里脱销了。这本书是乔万尼·薄伽丘的《十日谈》,一本环环相嵌套的故事集。讲故事的是一群在佛罗伦萨城外躲避瘟疫的男女,听故事的也是同一群人。那时在美国,我们也开始离群索居,领会"隔离"这个词的意思,许多读者想从这本古老的著作里寻求一些指引。当新冠病毒开始在世界各地蔓延时,小说家里弗卡·格钦找到《纽约时报》杂志,说她希望写一篇故事,向读者推荐薄伽丘的《十日谈》,借以帮助他们理解当下的现实。我们很喜欢这个想法,但同时想到了另一个主意:我们为什么不用隔离期间创作的新故事,编一本我们自己的《十日谈》呢?

我们开始联系各路作家,征集创意——询问他们大概希望讲一个什么样的故事。一些作家正在写其他小说，没空供稿。有位作家在照顾年幼的子女，所以还没想好在这种情况下能不能写作，又该怎样写作。还有一位作家这样回复："恐怕我大脑中负责虚构写作的部分，在当前这场危机中找不到任何灵感。"我们完全理解。我们也不确定我们的构想是否可行。

然而，接下来病毒席卷了纽约。在恐惧和悲伤中，我们开始收到一些不同的回复，一些让我们看到希望的回复——有的人表示有兴趣，有的人发来了引人入胜的故事创意。小说家约翰·雷说，他想写"一个在西班牙生活的年轻男人，他把自己的狗租给别人，让他们以遛狗的名义绕过居家令的限制"。莫娜·阿瓦德的创意是这样开头的："一个女人在四十岁生日那天决定送自己一份特殊的礼物，她去了一家高级水疗店，打算享受他们臭名远播的脸部护理服务。到店之后，他们劝她做一种高度实验性的护理，即通过消除一些不好的记忆来提升肤质，让皮肤实实在在地变亮、变饱满、变光滑……"游朝凯说，他有好几个想法，"但最让我兴奋的是一个双视角的故事，首先是病毒的视角，其次是谷歌搜索引擎的视角"。玛格丽特·阿特伍德发来故事梗概:"这个故事由一个来自遥远星球的外星人,讲述给一群在地球上隔离的人,外星人是'星系援助计划'派来地球的工作人员。"没了,她发的简介就这么一句话。我们怎么可能说不?这些故事我们全都想读。事实上,我们征集到的稿件太多,一期杂志都装不下了。很快我们便痛苦地意识到,不能再接洽更多作者了。

写好的故事如雪片般涌来,尽管我们正在经历人生至为恐怖的时刻,并在其中越陷越深,但我们知道这些作家正在创造艺术。我们事先不曾料到,他们能把当下的可怖变成如此强大、有力量的东西。这提醒我们,最好的小说既能带你远离自身,也能以某种方式帮助你看清你现在所处的位置。

7月12日,这期杂志出版了,当时美国正经历新一波的病毒高峰。读者很快给出非常热烈的反应。他们写给编辑的信挤爆了我们的邮箱,信中诉说这些故事带给他们的安慰。不管是一开始出版的那期杂志,还是现在你捧在手里的这本书,我们做这整个项目的最大目的,就是在这个黑暗无常的时期为读者提供快乐和慰藉。我们希望您在读这本书时已身康体健。

凯特林·罗珀

简介

LIFESAVING TALES: AN INTRODUCTION BY RIVKA GALCHEN

故事拯救生命

1348年，十个年轻人决定在佛罗伦萨城外自我隔离。当时鼠疫流行，患者腹股沟或腋下会出现肿块，接着，四肢的皮肤上生出黑斑。

据说，有的人在早餐时看上去还很健康，晚餐时却已经在另一个世界里与祖先同桌而食了。野猪嗅着尸体，撕咬上面的破布，然后自己也抽搐着死去。从这种无法用语言描述的痛苦和恐怖中逃离后，这些年轻人做了什么呢？他们吃东西、唱歌、轮流讲故事。其中一个故事里，修女不小心把情人的内裤套在头上当头巾用了。另一个故事里，一个心碎的女人把爱人的头颅养在花盆里，在上面种上罗勒。大部分故事很愚蠢，有一些故事很悲伤，却没有一个故事以瘟疫为主题。这就是乔万尼·薄伽丘的《十日谈》，一本近七百年来一直深受人们喜爱的书。

薄伽丘就是佛罗伦萨人,据估计,他很可能是从1349年开始创作《十日谈》的。那一年,薄伽丘的父亲死了,很可能就是被瘟疫夺去性命的。几年后,书写完了,第一批读者正是那些亲眼看着近一半同胞死去的幸存者,他们很喜欢这本书。书里没什么新故事,而是一些人们耳熟能详的老故事的翻版。在《十日谈》的末尾,薄伽丘开了一个玩笑,他说,虽然有些读者可能觉得他轻浮,但他其实是很严肃的。在那样的时刻,为什么他会写出如此轻松戏谑的文字?

3月中旬,我和许多人一同观看芝加哥谢德水族馆里的两只跳岩企鹅。它们摇摇晃晃,在馆内自在漫游。企鹅威灵顿爱上了白鲸。[1]那时我很可能已读过几十篇关于新冠的报道,但真正让我从感性上认识到瘟疫来临的,是这几只与外界隔绝、好奇心旺盛的企鹅,当然这些视频也会把我逗笑,让我暂时从"时事新闻"里解脱

---

[1] 疫情开始后,芝加哥的谢德水族馆闭门谢客,工作人员让馆里的几只企鹅在馆里自由活动,并拍了许多视频传到网上,收获不少点击量。其中一个视频是企鹅威灵顿观赏白鲸的场面。——本书以下凡出现注释,若无特别说明,均为译者注。

出来。5月，三只洪堡企鹅前往参观了堪萨斯城的纳尔森-阿特金斯艺术博物馆，从前拥挤的大厅里空无一人，十分诡异。企鹅在卡拉瓦乔的画作前久久驻足。企鹅的行为像一种行为艺术，揭示了某种始终存在却一直被掩盖的真实，而非常矛盾的是，正是海量的信息淹没了这种真实。

我们很容易忽略现实，也许恰恰是因为我们每时每刻都在看着它。对于这场瘟疫，我六岁的女儿没什么要说的，也没什么想问的，除了时不时会提出一个想法——把新冠病毒撕成一百万片，然后埋到地底下。新冠的"新闻"太令她不安，所以她不愿意正面思考这些。可是耐不住新闻里反复提及个人防护用品，她便开始用包巧克力的铝箔以及绳子和胶带制作铠甲，给她的玩具小人穿。后来，她又用棉球把小人们包裹起来。小人们参与了我不大懂的微型战斗。安静读书时，我女儿迷上了《火焰之翼》系列，这套书的故事中，一群年轻的龙努力实现一个预言：它们能终结战争。

既然现实世界中每时每刻都有大事发生，为什么我们还要读虚构故事？法国激浪派艺术家罗伯特·菲柳在一篇著作中说："是艺术把生活变得比艺术更有趣。"这说明我们并不能一眼"看见"生活。生活就像那种跟我们耍把戏的图像，比如小汉斯·霍尔拜因的画作《大使》中的骷髅——观众只有走到画的侧面才能看见它，从正面看，很容易把骷髅看成一块浮木，或者根本注意不到它。在意大利语中，novelle 这个词既可以指"新闻"，又可以指"故事"。《十日谈》中的故事也是一种新闻，一种读者能够理解的新闻。（这群年轻人隔离时的规则是：不准谈佛罗伦萨的新闻！）第一则故事以喜剧的形式谈论如何处理一具即将成为尸体的躯体；我们太熟悉灾难，因而无法理解它；在喜剧的遮掩下，它反而更容易被理解。

但在《十日谈》接下来的部分中，年轻人讲故事的语气与故事的内容都发生了变化。最初的几天主要是笑话和不敬的故事。第四天，年轻人连续讲了十个以"悲剧性的爱"为主题的故事。第五天的故事讲述了恋人们如何在可怕的事故后寻回幸福。薄伽丘写道，黑死病期间，佛罗伦萨的人们不再为死者哀悼和哭泣。在讲了几天笑话后，年轻人终于能够哭泣。表面看来，他们在为虚构的爱情故事而哭，但那哭声更可能来自他们每个人的心底。

薄伽丘的故事似乎是对现实的逃避，但也正是这些故事让书中的角色和读者返回到了出发之地，重新去面对他们本试图逃避的事物。前半本的故事发生在不同的时间和地点，而后半本的故事大多发生在托斯卡纳，甚至就发生在佛罗伦萨。故事中的人物也变得更像现实中的人，受缚于我们熟知的困境。一个腐败的佛罗伦萨法官被恶作剧者扯掉了裤子——每个人都笑了。一个叫卡兰德里诺的傻瓜一次又一次地被欺骗、被冤枉——我们应该笑吗？到了第十天，我们听到的故事是，有人面对极端的残忍和不公，却表现出几乎难以想象的高尚品格。"这只是一个故事"是一种情感上的掩护，在这重掩护之下，年轻人们收获了希望。

薄伽丘在一个大故事的框架下讲了许多小故事，这本身就是对一种传统叙事结构的创新。在《一千零一夜》中，大故事的框架是山鲁佐德给丈夫（也就是国王）讲故事。国王如果觉得无聊，就会杀掉山鲁佐德，他之前的妻子都是这样被杀的。《五卷书》[1]里的故事也相互嵌套，这些故事讲述了主角（通常是动物，有时是

1　古印度的一本寓言故事集。

人）怎样应对艰难、困境和战争。在这些作品里，故事都在以这样或那样的方式拯救生命，正如娱乐读者也是它们拯救生命的重要方式之一。在艰难时期，阅读故事不仅是一种理解当下的方法，也是一种让自己坚持下去、渡过难关的途径。

《十日谈》中的年轻人并没有永远离开他们的城市。在城外隔离两周后，他们决定回到佛罗伦萨。这并不是因为瘟疫已经结束——他们没有理由相信瘟疫已经过去。他们决定回去，是因为他们在讲故事的过程中笑过、哭过，也构想过共同生活的新规则，现在他们终于又有能力面对现在、思考未来了。他们在避世期间讲述的故事让现实世界中的新闻再次生动起来，至少暂时如此。在和平年代，你可能会忘却死亡，因此 Memento mori——勿忘你终有一死——是一句必要且有价值的箴言，而《十日谈》传达给我们的道理是 Memento vivere——记住你必须活着。

里弗卡·格钦

外 面[1]

---

[1] 原作以希伯来语写成,由杰西卡·科恩翻译为英语。

埃特加·凯雷特

Etgar Keret

生于1967年,以色列作家。著有短篇小说集《突然,响起一阵敲门声》《想成为神的巴士司机》《最后一个故事,就这样啦》《银河系边缘的小失常》。

没有人打算从屋子里出来——宵禁解除三天了，情况已经非常清楚。由于未知的原因，人们宁愿待在屋里，孤身一人或和家人一起，也许他们只是乐于远离屋外的其他所有人。在室内待了那么久以后，如今每个人都已习惯了：习惯不去上班，习惯不去商场，习惯不约朋友喝咖啡，习惯不在街道上不情愿地被瑜伽课上的同学拥抱。

政府宽限了几天，让人们适应新规定。但当情况明显不会改变以后，他们别无选择，警察和军队开始敲门，命令人们从屋里出来。

||||||||||

居家隔离一百二十天后，你并非总能记起自己从前

到底是做什么工作的。倒不是说你没有努力回忆。你很确定你的工作涉及许多不能好好服从权威的愤怒的人。也许是一所学校？或者监狱？你模糊地记得一个刚冒出胡茬的、骨瘦如柴的孩子朝你扔了一块石头。你会不会是教养院里的社工？

你站在公寓楼外的人行道上，押送你出来的士兵示意你赶快移动起来。于是你移动起来，可你不清楚到底该去哪儿。你在手机屏上翻着，想找出一些能帮你理清头绪的线索。之前的约见，未接来电，备忘录里的地址。街上的人从你身边匆匆而过，其中一些人的脸上写着货真价实的惊恐。他们和你一样，想不起自己该去哪里；即使记得去哪儿，也已经不知道怎么去，或者路上该干什么。

你非常想抽烟，但烟落在家里了。士兵闯进屋里大呼小叫地赶你出去，你只勉强来得及拿上钥匙和钱包，连墨镜都忘了戴。你可以试试回家取，但士兵还没离开，还在不耐烦地猛砸邻居家的门。于是你走到街角的商店，却发现钱包里除了一枚五谢克尔硬币外什么也没有。收银台后面的高个年轻人浑身散发着汗臭，他一把夺回他刚递给你的烟盒："我给你先存着。"你问他可不可以用信用卡付款，他咧嘴一笑，仿佛你刚讲了个笑话。夺回烟盒时，他的手碰到你的手，他的手毛茸茸的，像一只老鼠。上次有人碰你，还是一百二十天前。

你心脏狂跳，空气呼啸着涌进你的肺。你不确定自己撑不撑得过去。自动取款机旁坐着一个衣着肮脏的男人，他身边放着一个锡杯。你倒是记得在这种情况下该怎么做。你快速从他身边走过，他用沙哑的声音说他已经两天没吃饭时，你看向相反的方向，熟练如老手般避开了眼神接触。没什么好怕的。这就像骑自行车：身体什么都记得，因独处而变得柔软的心，很快就会重新变得坚硬。

木兰花下

李翊云

Yiyun Li

1972年生于北京,旅美华人作家。著有《理性终结之处》《千年敬祈》等多部作品。

那对夫妇和克莉茜约在战斗纪念碑附近见面。她五年前见过他们一次，当时她是他们买房过户时的买方律师。不久之后，那位太太联系她询问遗产规划的事。克莉茜给他们发了一些资料，却再也没有收到回复。太太再次联系她时，克莉茜已不记得他们了。太太在邮件里为自己的消失道歉。"这次我们决心坚持到底。"她这样写道。

这种拖延型的客户，克莉茜不是第一次遇到了。人们向克莉茜倾诉种种苦恼——为尚在襁褓中的子女指定监护人的苦恼，为未来的自己做决策的苦恼。她自己却既没立遗嘱，也没制订什么计划——这没什么不对。医生也可以吸烟，或者像她父亲一样喝到不省人事。没人规定你本人也必须遵循那些职业标准。

||||||||||

　　大路两旁的木兰花正开到极盛的时候。克莉茜从长凳上捡起一片手掌大小的花瓣。木兰花是一种如此自信的植物。即使已经掉落，花瓣仍像活着。

　　许多年前，克莉茜和两个最好的朋友一起在一棵木兰树下挖了个坑，埋下一只信封。信封里放着她们写的纸条，她们准备等到五十岁的时候再读。为了凸显此事的庄重，她们每人往信封里放了一只耳环。克莉茜放的是独角兽造型的猫眼石耳环。

　　等真到了五十岁，她们都忘了那个信封。克莉茜刚刚想起这段记忆。

　　"珍妮？"几步开外，一个男人以试探的口气说。

　　克莉茜说她不是珍妮。男人道了歉。他要和珍妮在这里约会吗？他们都得摘下口罩，她想，好给对方留个好印象。可若要摘下口罩，他们又怎么敢信任对方呢？

||||||||||

　　那对夫妇毫不费力地认出了克莉茜，她也毫不费力

地认出了他们。在华盛顿将军雕像附近，只有他们三个人。夫妇道歉说他们的两个朋友，也就是立遗嘱的见证人，要晚到一会儿。

克莉茜更喜欢准时的人。她不喜欢闲聊，即便如此，她还是询问了夫妇在封锁期间过得如何。丈夫礼貌地点点头，然后走开了。他可能也讨厌闲聊。

"孩子们好吗？他们现在上几年级了？"克莉茜说。

妻子看了一眼丈夫。他又走远了一些，正在研究华盛顿将军。"伊森上六年级。"妻子这样回答前停顿了一下。

他们只有一个孩子吗？根据五年前的闲聊，克莉茜记得他们有两个孩子。但遗嘱里确实只有伊森的名字。也许她把他们和另一个家庭搞混了。

"你一定在想……佐伊吧？"妻子压低声音说。

"对……"克莉茜说，她已经知道妻子接下来要说什么了。这时见证人恰好到了，她松了一口气。佐伊死了。克莉茜真希望自己没有问起孩子的事情。一个毫无恶意的问题，但世界上从没有任何一个问题是真正毫无恶意的。

签字只用了不到十分钟。夫妇两人都很健康。双方之前都没结过婚,也没有婚外子女。没有复杂的纠葛,这是克莉茜对他们这样的客户的看法。即便如此,每个人都还是有自己的难处。通常克莉茜不愿意细想这些。

夫妇和见证人准备离开时,克莉茜叫住了妻子:"卡森太太。"

丈夫和两位见证人继续往前走,他们组成一个三角形,两两之间的距离都正相近。克莉茜想聊聊佐伊的事。妻子提到那个名字一定事出有因。

妻子指指克莉茜的文件夹。"很奇怪,这让人觉得振奋,不是吗?在这样一个阳光明媚的日子里签署我们的遗嘱。"

"立遗嘱是件好事。"克莉茜说,自动答录机般地回答。

"是的。"妻子说,然后她再次感谢克莉茜。

她们就要这样作别,之后也许再也不会见面。克莉茜会忘掉这次会面,就像忘掉少女时代的她曾给自己写过什么话。但在未来的某一天,她会想起这一刻,她会希望自己当时不止回了几句不痛不痒的客气话，就像她希望她能记得自己在那张字条上写了什么，就像她希望她曾跟父亲谈过他酗酒的事。

"我很遗憾，"克莉茜说，"为佐伊的事。"最平庸的客气话，但人们就是这样，永远找不到合适的字句。他们以此为借口，索性什么都不说。

妻子点点头。"有时我希望，要是佐伊不那么坚决就好了，"她说，"我希望她能更像我或她爸爸。我们都是犹豫不决、爱拖延的人。"

可是没有一个老师或父母会鼓励孩子拖延或犹豫不决，克莉茜想。为什么她或她的朋友相信几十年后她们还会记得那些纸条，或者还会对那些纸条感兴趣？年轻人自信地以为生活是前后一致的，当他们发现生活并不是随己所愿时，那种信念又很容易变成绝望。

"但你们这次坚持到底了。"克莉茜边说边指着文件夹。又是平庸的客气话，但是平庸的客气话就像拖延和犹豫不决一样，自有它的意义。

RECOGNITION BY VICTOR LAVALLE

相 认

维克多·拉瓦勒

Victor LaValle

生于1972年,美国作家。著有小说《狂喜》《大机器》《银衣魔鬼》《换生灵》《黑汤姆歌谣》等。拉瓦勒现任教于哥伦比亚大学。

在纽约，找间好的公寓可不容易，找栋好的公寓楼更是难上加难。不，这个故事不是讲我怎么买楼的。我要讲的当然是楼里的人。我找到一间不错的公寓，在一栋很棒的楼里。六层高的出租楼，位于华盛顿高地，一百八十街和华盛顿堡大道的交叉口；一居室的公寓，对我来说足够大了。我在2019年12月搬到那里。你可能已经猜到接下来发生了什么。病毒袭来。不到四个月，公寓楼空了一半。一些邻居逃走了，搬去其他的住处，或者出城去跟父母同住；另一些邻居——老人、穷人——消失了，进了十二个街区外的医院。我当初搬进的是一栋拥挤的楼，如今却突然要在空荡荡的住宅里生活。

然后我遇见了皮拉尔。

"你相信前世吗？"

那是封锁刚刚开始的时候。我们俩站在大厅里，等着电梯。她这样问我，我什么也没说。但这不等于我没有回应，我低头看着自己的脚，露出了一个拘谨的微笑。我并不是无礼的人，只是性格极其害羞。就算瘟疫也治不好害羞。我是个黑人女性。黑人女性也有拘谨笨拙的，可人们发现这一点时总表现得很吃惊。

"这里没有其他人，"皮拉尔继续说道，"所以我肯定是在跟你说话。"

她的语气既直接又顽皮，我不知道她为什么能同时做到这两点。电梯来了，我朝她那边看去，注意到她脚上的鞋。黑白相间的尖头牛津鞋；白色的部分做成钢琴键的样子。封锁期间皮拉尔还愿意费事穿上这么漂亮的鞋子。我刚从超市回来，穿着一双破破烂烂的旧拖鞋。

我拉开电梯门，终于看向她的脸。

"她理我啦！"皮拉尔说，语气像夸一只害羞的鸟终于肯停到人的手指上。

皮拉尔可能比我大二十岁。搬进这栋楼的那个月，我刚满四十岁。我爸妈从匹兹堡打电话过来，给我唱了生日歌。他们知道疫情，但并没有叫我回家住。我也没有提过要回家。和父母在一起的时候，他们会提各种问题，问我的生活，问我有什么计划，搞得我又变回一个爱发脾气的青少年。但我爸给我买了一批生活用品，寄到这里。一直以来，这就是他爱我的方式——确保我物资供给充足。

"我想买点儿卫生纸，"皮拉尔在电梯里说，"但那些人都恐慌了，所以压根买不到。难道他们觉得把屁股擦干净就能防病毒？"

皮拉尔看向我，四楼到了。她走出电梯，伸手防止门关上。

"我讲笑话你不笑，这就算了，难道你连名字也不肯告诉我？"

这下我笑了，因为我们的对话成了一种游戏。

"那就给你留个挑战。"她说，"咱们会再见面的。"她指指走道："我住四十一号。"

她松手让电梯门关上。我上了六楼，把买来的东西从袋子里拿出来。那时我还以为疫情很快就会结束，如今想想真是可笑。我走进浴室。爸爸寄给我的东西里有三十二卷卫生纸。我拿出其中三卷，悄悄溜回四楼，放在皮拉尔门口。

一个月后,我已经习惯于登录我的"远程办公室":一格一格的小屏幕拼在一起——格子里是我们小小的头。这和我们以前工作的开放式办公室看起来差不多,那时我和同事说话的次数大概也不比现在多。门铃响了,我跳起来,抓住机会逃离电脑。也许是皮拉尔找我。我蹬上一双带扣的乐福鞋,这双鞋也很破旧,但总归比我上次见她时穿的那双拖鞋强一点儿。

门外并不是她,是公寓管理员安德列斯。他年近六十,生于波多黎各,脖子上攀着一只豹子文身。

"还在这儿呢?"他说,虽然隔着蓝色的口罩,但语气听上去很愉快。

"没别的地方可去。"

他点点头,用鼻子哼了一声,声音介于笑和咳嗽之间。"现在市里叫我把所有公寓房查一遍。每天都得查。"

他拎着一个咯咯作响的袋子,仿佛里面装满了金属响尾蛇。我伸头去看,他把袋子拉开:是一些罐装的银色喷漆。"要是没人应门,我就要用上这个。"

他让到一边,我看到走廊那头的六十六号公寓,绿色的门上喷了一个巨大的银色 V 字。字迹崭新,油漆还在往下滴。

"V代表'病毒'（virus）?"

安德列斯的眉毛挑了挑，又落回原处。

"代表'空置'（vacant）。"他说。

"一个意思，我猜'空置'听着婉转一些。"我们安静地站着。他站在走廊上，我站在公寓里面。我意识到自己开门时忘了戴口罩，于是说话时用手遮住嘴巴。

"市里让你这么做的?"我问。

"有些地区要求这样。"安德列斯说，"布朗克斯、皇后区、哈莱姆区[1]，还有我们这儿。都是病毒热点。"他拿出一罐喷漆摇了摇，罐子里的滚珠咔咔作响。"我明天再来敲门，"他说，"要是你不应门，我有钥匙的。"

我目送他离去。

"还剩多少人?"我大声叫道，"这栋楼里还剩多少人?"

他已经走到楼梯口，往楼下去了。如果他回答了，那就是我没听见。我走到楼梯前面的平台上。这层楼有六间公寓，其中五扇门上已经喷上了V字。这儿没人

---

1 纽约的这几个区都是穷人或少数族裔较多的区域。

了,除了我。

你可能以为我会马上跑到皮拉尔家去,但我不能丢掉工作,我丢不起。减免房租的事情,房东一个字也没提过。我回到电脑前面,一直忙到下班。看到四十一号公寓的门上没有喷漆,我真是大大地松了口气。我一个劲儿地敲门,直到皮拉尔把门打开。她戴着口罩,和我一样,但我能看出她在笑。她把我从头打量到脚。

"你这双鞋可饱经沧桑了啊。"她说。她笑得那么开心,我几乎一点儿也没觉得尴尬。

我和皮拉尔一起去超市,每周两趟。我们并肩行走,中间留一条胳膊的间距。要是半路上必须给其他人让路,我们就一前一后地列队前进。不管我走在她身边还是身后,皮拉尔总是说个不停。我知道有些人不喜欢话多的人,但她的那些唠叨就像和风细雨,滋润了我的心。

她从哥伦比亚来到纽约,中间在佛罗里达的西礁岛短暂待过一阵。她在曼哈顿生活了四十年,从南到北,哪个区她都住过。她弹钢琴,偶像是佩鲁辛;她曾和丘乔·巴尔德斯一起演奏。现在她在自己的公寓里给孩子们上钢琴课,一小时收三十五美元——至少她曾经这样谋生，直到病毒基本阻绝了孩子们来她家上课。我想念他们，她说，我们每次交谈时她都这么说，就这样，四周变成了六周，六周变成了十二周。她怀疑是否还有再见到那些学生和他们父母的那天。

我提出帮她安排远程钢琴课。我可以用自己的工作账户帮她设置免费的聊天时段。但这时疫情已持续三个月，皮拉尔已经失去了那种轻快的心境。她说："屏幕创造了一种幻觉，好像我们还连接在一起。但那不是真的。能离开的人已经走了。我们这些剩下的人？我们被抛弃了。"

她走出电梯。

"为什么要假装呢？"

|||||||||

她让我害怕。现在我才明白这一点。但那时我告诉自己，我只是变忙了。仿佛远离她是因为我脱胎换骨了。但其实是我逃离了她，我们都在绝望的边缘生存。所以，她说"我们被抛弃了。为什么要假装呢？"，她似乎是从那深渊之中对我说话。我已经太频繁地觉得自

己也在滑入那个深渊，我不想再加深这种感觉。于是我独自去商店。电梯经过四楼的时候，我会屏住呼吸。

与此同时，安德列斯继续他的工作。我没再和他碰过面。每天早晨他敲一次门，我在门的另一侧敲门回应。但我能看到他仍在工作的证据。一周之内，一楼有三间公寓画了 V 字。当我再去商店的时候，画 V 字的门又多了三扇。

二楼有四扇。

三楼有五扇。

一天下午，我听见他在踢四楼的一扇门。他呼喊着一个名字，但隔着封住嘴巴的口罩几乎听不清他在叫什么。我离开公寓，走下楼去。四十一号公寓门前，安德列斯看起来似乎缩小了。他拼命地踢着那扇门。

"皮拉尔！"他又叫了一声。

我现身时他惊讶地转过身来。他的眼睛是红色的。他右手的手指现在完全变成了银色，看起来像是天然的颜色。我想知道那银色的喷漆还有可能洗掉吗。可是，如果这份工作永远不会结束，那怎么可能洗掉呢？

"我忘带钥匙了，"他说，"我得去拿钥匙。"

"我在这儿等。"我说。

他冲下楼去。我站在那扇门边，没再费事敲门。如果那样踢门都不能把她叫醒，我又能做什么呢？

"他走了吗？"

我几乎瘫倒在地上。

"皮拉尔！你是跟他闹着玩？"

"不，"她隔着门说，"但我等的不是他。我等的是你。"

我坐到地上，这样我的头就和她的声音差不多在同一高度。隔着门，我听见她费力的喘息声。"已经有一阵子了。"她终于开口说道。

我把侧脸靠在冰凉的门上。"我很抱歉。"

她吸了吸鼻子。"就算是我们这样的女人，也会害怕我们这样的女人。"

我拉下了口罩，仿佛它会妨碍我说出我真正想说的话。但我还是找不到我要说的字句。

"你相信前世吗？"她说。

"那是你问我的第一个问题。"

"在电梯前面看到你的时候，我就知道我们以前见过面。我认出你来了。就像看见家人一样。"

电梯到了。安德列斯走出来。我重新戴好口罩，站起身来。他用钥匙开了门。

"小心一点儿。"我说,"她就在门后面。"

他推开门,门厅里空无一人。

安德列斯在卧室的床上找到了她。她已经死了。他出来时手中拿着一个袋子,上面写着我的名字。袋子里是那双黑白相间的牛津鞋。左脚的鞋子里有张纸条:下次见面的时候还给我。

我得穿两双袜子才能让那双鞋合脚。但我走到哪里都穿着它们。

A BLUE SKY LIKE THIS BY MONA AWAD

这样一片蓝天

莫娜·阿瓦德

Mona Awad

生于1978年,加拿大小说家。著有《观看胖女孩的十三种方法》《兔子》《皆大欢喜》等。阿瓦德出生在蒙特利尔,现居美国波士顿。

不管怎样，今天是你的生日。你一直害怕这天到来。好几天以来，你总给朋友发这样的短信：我好怕那天。加上一个痛苦的表情符号。两个 X 代表眼睛，嘴张得大大的像字母 O。你嘲笑自己和自己愚蠢的恐惧，但那恐惧是真实的。所以你才会在这里，不顾一切地到了这里。一个你在暗网上找到的地方。尽管全城封锁，但这里依然开着。市中心的楼顶套房。美容室如一个黑暗的子宫，弥漫着浓重的蒸汽和桉树的味道。灯光如此昏暗，如此亲切。你赤身裸体地躺在一张被加热的桌子上。一个女人正用某种羊胎盘似的东西按摩着你的脸。你感到她的指节深深地陷进你的脸颊中，那是在为你排淋巴液。"很多东西需要排出。"她轻柔地说。"肯定是，"你轻声应道，"都排掉。"

女人穿着黑色套装，看不出年龄，头发在脑后紧紧绑成一个髻。

"深呼吸三次，就是这样。"她说，"我这就带走它们。你要我带走它们吗？"

她在手上揉上精油，然后把手悬在你的口鼻上方。"别担心。"她说。也许她感觉到了你的恐惧、你的犹豫。"我们采取了一切预防措施。好，没问题。你们一起深呼吸。你感到自己的胸膛升起又落下。"

"好了。"她说，"感觉好多了，是不是？"

你听到远处有流水的声音。轻柔的音乐，演奏这音乐的乐器，你一种都不认识。好像有个可怕的铃铛在永无止境地摇着，但那声音很美。

现在她说："我要开灯了，只是评估一下你的皮肤。灯光会很亮，所以我会盖住你的眼睛。"她把两片潮湿的棉片压在你紧闭的眼帘上。你想到放在死人眼睛上的硬币。灯光很亮，你隔着棉片仍能感觉到。火焰般的红色。你脸上发热。你还能感觉到她的眼睛，那双眼睛正看着你。

"说吧，"最后你终于开口，因为你再也无法忍受她的沉默，"判决是什么？"

"你这一年过得很艰难，是不是？"

你看到自己独自在公寓里恐惧的样子。在沙发岛屿上发抖。身体像着了火。你像溺水般呼吸，因为眼中涌出的泪水仿佛要把你淹死。

"这一年我们不都过得很艰难吗？"你轻轻地说。

她没有出声。桉树的气味开始变得令人压抑。

"都写在你脸上呢，恐怕我得这么说。"她终于说。她的指腹追踪你额头上的皱纹，眉心的深褶。鼻子旁边的血管，嘴巴周围的褶皱。鼻唇沟，你查过那些褶皱的名称。笑纹，可那甚至不是因为笑而产生的。她如此温柔地触碰着所有纹路。太温柔了，以至于有一滴泪从你的眼中漏出。她拿走你眼皮上的棉片，把一面镜子悬在你面前。

"记忆和皮肤携手并行。"她说，"好的记忆，好的皮肤。不好的记忆——"她说到这里没再继续。因为镜子本身就会说话，不是吗？

"我们处理一下吧？"她用一种爱抚般的声音说。

而你说："怎么处理？"

她说："首先，我得问你，你有多留恋你的记忆？"

你看向镜子。生活的苦难都印在这张皮肤上。毛孔张开，像无数大张的嘴在无声地尖叫。仅过去的一年，就在这张脸上投下一层医学永远褪不掉的灰暗。

于是，你对着自己的镜像说："不留恋。一点儿都不留恋。"

|||||||||

现在，你站在夏末午后明亮的光线中。太阳还高高地挂在天上，那么可爱，那么金黄。走出大楼的时候，你的脚步里带着某种活力。你一蹦一跳地走着，为什么不呢？不管怎么说，今天是你的生日，不是吗？这一点你还没忘记。你想知道你忘记了什么。你想起那女人在你脸上压满光滑的黑色圆片——圆片上连着电线，接到一个带有刻度表的机器上。女人让刻度表的指针转动起来，就像用旋钮调高音量，你觉得牙齿深处有金属的味道。你感到电流沿着颅骨噼啪作响，于是尖叫起来，现在想到那一幕你觉得很滑稽。

这栋楼大堂里的商店都关了。不仅是关了，前窗的玻璃也碎了，像是有人曾抡起砖头朝它砸去。店里有个白色的光头假人，赤条条地站着。一只闪闪发光的天鹅造型手包从她手腕上垂挂下来，似乎她正要这样一丝不挂地去参加派对。她用闪闪发亮的眼睛盯着你。红色的唇微微带笑。黑暗充斥了你的内脏，恐惧蔓延到你的四肢，但就在这时，你看到自己的影子映在打碎的玻璃上。容光焕发。拔起了。根除了。那是出现在你脑海中的最强烈的一个词："根除。"真奇怪。"根除"难道不是意味着摧毁吗？你的脸看上去像是摧毁的反义词。就算你身上穿着的是一只悲伤的黑布袋，那又如何？你的脸上有你需要的所有光亮、生命力和色彩。那色彩饱满到再增一分就太过了。再增一分就是对别人的公然羞辱。

坐在回家的出租车里，你对车窗上的自己、后视镜里的自己露出笑容。你对司机也满脸笑意，尽管他并没有对你笑。

"今天很忙吧？"你问。

"不。"他说，那语气好像在说你疯了。他在对你怒目而视吗？他用一块围巾罩住了口鼻，所以很难看出来。也许他病了？是什么病啊，你心里琢磨着。你希望他好，这个可怜的男人。你试着用你的脸传达这种好意。但他只是在镜中冷冷地瞪着你，直到你把视线移开，望向窗外。这城市看起来那么空旷，那么肮脏，真叫人吃惊。你的手机在腿上震动了一下。一条短信，来自一个叫黑暗领主的人。

"好吧，"他说，"我会跟你见面。"

毕竟今天是你生日。

六点钟在公园。天鹅旁边的长凳。

你向上滑着，查看此前的对话。我需要见你，看起来，两小时前你刚给黑暗领主发了这样的信息。求求你了。你求了他三次。真有意思。

嗯，如果你这么想见他，那他真会有那么可怕吗？你需要见他，这真这么要紧？而且他足够了解你，才会知道你的生日，那么……

"我们为什么不找个酒吧见面？"你回了信。

"酒吧？"他说，"行，真不错。我们公园见。"

和黑暗领主的一次约会。很吓人，但也很刺激，不是吗？你看着你映在车内隔板上的脸。你的样子让你立刻冷静下来。你想象一轮太阳从一团灰云背后发出光来。你就站在那美妙的心灵之光中，那光很美，那光亮得让人眼盲。

到了公园，你试图给司机递现金，但他猛烈摇头。他不想要你该死的现金。只收信用卡，谢谢。你站在那里，望着他驱车沿空荡荡的街道呼啸而去，这时你注意到人行道上空无一人。公园里，和你上次来时相比，草似乎长得更蓬乱、更狂野了。一对夫妇沿着池塘边的小路快速走过，两人的头垂得很低。

你看到一个穿黑色连帽衫的男人独自坐在天鹅近旁的长凳上。黑暗领主，只能是他。当然，你害怕。但主要是兴奋。一次冒险！你现在如此渴望冒险。你一蹦一跳地沿着碎石路前进，中途和那对夫妇擦肩而过。近距离看到他们时，你松了一口气——人！当你走近他们，你微笑着正准备说"你们好！今天这儿很安静，不是吗？嗯，至少我们能独占公园，哈哈哈哈！"时，他们却离开小路，走到了粗密的草地上；他们一直绕到柳树后面，就为了躲开你。而且他们一边这样做，一边对你怒目而视。你正打算说，搞什么鬼？却听见有人叫你的名字。

你看过去。是本，你的前夫。他坐在长凳的最边缘，用眼神悲伤地盯着你。他手上拿着一只酒壶。他看上去一团糟。浮肿，同时又消瘦。

"本？"你说，"真的是你吗？"当然是他。你只是无法相信黑暗领主就是本。大概是某天晚上你为了自娱自乐而开的小玩笑。你醉了，所以给联系人起了些傻乎乎的名字。太滑稽了。你最后一次见到他是什么时候？你努力搜索记忆，但什么也没找到。毫无头绪。

"朱莉亚，"他说，"见到你真好。"

但他的样子看起来可不怎么好。他正看着你，眉头皱起。这很奇怪，毕竟你看起来多么容光焕发。说老实话，你不可能找到比今天更适合的会见前任的日子了。

"见到你也真好。"你对本说。他没有笑。

"我选这条凳子是因为它最长，"他说，"这样我们可以各坐一边。"他沿着凳子的长边比了个手势。你看到他在长凳另一端放了一瓶螺旋瓶盖的葡萄酒和一只白色的小盒。"给你的生日礼物，"他说，"生日快乐。"

"谢谢。"你说，同时立刻记起了本是个多么古怪的人。看来他还是那么古怪。

"不用担心，"他说，"瓶子我擦干净了。长凳也是。"他微笑起来，是一抹小心翼翼的笑。你注意到他的脖子上挂着一只口罩。用印着花朵的布做的。看起来像是从桌布上扯了一块下来，然后自己用缝纫机缝的。

可能是你的旧桌布。

看着口罩,你感到有些什么被触发了——一种寒意——但随后又消失了。所以说他的洁癖变得更严重了。人越老就会变得越古怪。很悲哀,真的。你为此对他生出一股柔情。

你和本一起坐到长凳上。小口喝着葡萄酒,打开白色的盒子。里面是一只"主妇"牌纸杯蛋糕,他向你保证没人碰过。太棒了,你说。你微笑着等待他被你击垮。但他只是不停地四处张望,似乎很害怕。

"听着,我真的不能待太久。"他说。

"没关系。"那没关系,你意识到。完全没关系。意识到这一点赋予你些许力量。你咬了一口纸杯蛋糕。本肉眼可见地放松下来。他突然放松了那么多,让你怀疑自己刚刚是不是同意了什么可怕的事情。

你对本微笑。"这是怎么回事?"

他看着你,严肃极了。"是你邀请我来的,你忘了吗?"

我需要见你。求求你了。

"哦,是的。那个。我只是想叙叙旧。"对。听起来你是这样的人。

本看着你，好像你疯了似的。他沉重地叹了口气。"听着，朱莉亚，你知道我在乎你。"

"我也在乎你，本。"这样回复感觉很好。感觉很真实。

"但我们之间必须有界限。"他快速补充道。他意味深长地看着你，从长凳的另一端。

"当然，"你表示赞同，"界限是很棒的。"他到底他妈的在说什么？

"我在和别人交往，你知道的。"

他头发该剪了，这时你注意到。他的头发又长又乱，像这里的草。

"当然。"你点点头，"恭喜你。"

他看起来很震惊。"你叫我来就是为了说这个？"

你突然觉得他的眼睛很奇怪。难道那双眼睛以前不是蓝色的吗？现在它们却是这种泪汪汪的灰色，眼白上布满了红血丝。

"你想要我说什么？"

"听着，朱莉亚，那天晚上我们搞砸了，行吗？我也搞砸了。这个我承认。但是你给我打电话，哭成那样，我能怎么做？我是说，我还有什么选择？"

你在记忆中搜索那天晚上。哪里也找不到什么晚上。你试图想象自己给本打电话的样子。你拨号的时候泪如雨下。周围只有蓝天，最让人愉快的颜色。

"我只是去给你送点儿吃的，"他说，"我告诉过你我只是去给你送点儿吃的。我会给任何一个生病的朋友送吃的。"

他说出的那个词像一记耳光。"生病"？这词听上去不对，与你现在的感觉对不上，尽管本这么说。看看他，他就是想用这种把戏搅乱你的心。他才有病。他看上去足有一千岁那么老。

"我本打算把吃的放在门外就走，"本悲哀地说，"可是那时候，那个声音。"这时他闭上了眼睛。他看起来如此痛苦，简直荒谬。

"什么声音？"你想起美容室里那可怕的、美丽的铃声。直到现在，那永无止境的铃声仍在你脑海中回荡。

"你的声音，"本说，"你哭的声音，抽泣的声音，隔着门喘气的声音。孤身一人。不断地哀求我进去。"

你看到他摇了摇头。"说实话，那声音到现在还追着我不放。"本看着你说。等待着，他似乎正等待着你被击垮。被羞耻击垮，因为那天晚上你的绝望如此外现。那天晚上你的悲伤发出了他永难忘记、未可抗拒的声音。这时你明白，你和本那天一定上床了。你绝对干了黑暗领主。可能他叫黑暗领主就是这个缘故。

"我们太冲动了。"本大声说，"我太冲动了。"

他的声音像一块砖。试图把你砸得粉碎，仿佛你就是如此易碎。也许你曾经确实如此易碎。你观察着这一点，仿佛从非常非常遥远的地方观察一个悲伤的事实。但你现在不会被砸碎了。尽管那种寒意正悄悄侵入你的身体，但你有了那个假人的红唇——你感到那两片唇此刻正在她的微笑中翘起。你用闪亮的眼睛看着本。本转过头去盯着天鹅。

"大概只是花粉过敏，感谢上帝。"他说，"每年一到这个时候你就犯病，而且你总是忘记，以为是什么重病。你总以为自己要死了，朱莉亚。就算之前也这样。就算在这一切之前也这样。"这时他挥了挥手——对着整个世界。天鹅、天空、垂柳，还有野草丛生的公园。一群人走过，都戴着口罩，你现在才注意到，自制的口罩，和本的一样，或者围巾，和出租车司机一样。他们在各自的路上停下脚步，转向你。瞪着你赤裸的、容光焕发的脸。因为不管"这一切"究竟是什么，你竟把它忘了。它被根除了。被那个穿黑色套装的女人连根拔掉了。

突然，你想抓住本的手，把它压到你的脸上。他的手有的地方长了茧，其他地方很柔软，他的手握住你的手时总是温暖而干燥。现在你记起来了。你把手伸过长长的长凳。本的脸暗了下来。他看着你的手，仿佛那是一条蛇。然后他嘟嘟囔囔地说他得走了。他起身时你对他挥手作别，然后你向盯着你看的路人挥手问好，因为，干吗不呢，反正你已经在挥手了。他们惊恐地望着你。这太悲剧了。有什么好怕的呢，在这样的一天里？在这样一片蓝天下？如此美丽的一天。你的生日。

CLINICAL NOTES BY LIZ MOORE

临床笔记

莉兹·摩尔

Liz Moore

生于1983年,美国小说家、非虚构作家。著有《每首歌的词》《重量》《看不见的世界》《长明河》等。摩尔现居美国费城。

2020 年 3 月 12 日

事实：婴儿在发热。

  证据：两支体温计连续测出令人担忧的读数：39.9，40.1，40.4。

  证据：婴儿身体发烫。婴儿脸颊发红。婴儿身体颤抖。婴儿吃奶时动作歪斜：口部吸吮方式不正确，双唇无力，手部及手臂瘫软。婴儿未发出啼哭，而是发出猫叫般的声音。

事实：婴儿发热属常见现象。

  证据：该家庭的两名婴儿在此居住期间均频繁发热。上述两名婴儿在该家庭居住的时间分别为 3 年和 9 个月。

信念：年龄为 3.75 岁的儿童没有发热。

  证据：年龄为 3.75 岁的儿童额头不发烫。

  测试方法：年龄为 3.75 岁的儿童的母亲曾蹑手蹑脚地进入该儿童的卧房，屏住呼吸，避开某些踩上会作响的地板，低头以嘴唇触碰该儿童的皮肤，而在人体各部位中，嘴唇是探测他人是否发热的最佳部位。

问题：体温计读数超过多少度时，有必要携患儿去儿科急诊部就诊？

  研究过程：患儿家长以如下关键字进行多次网络搜索：

儿科　体温　急诊室　40度高烧　急诊

  研究结果：网络搜索给出两种互相矛盾的建议。

  A. 立刻前往急诊室

  B. 给服"泰诺"；致电医生

处理方式：患儿父母对视 6 秒，将更多事实纳入考虑。

  事实：世界上出现了一种新的疾病。

  事实：该疾病已在人类中传播。

  事实：患儿的父亲昨日得知三名同事感染此病。

判断：目前似乎不是去急诊室的好时机。

反驳意见：婴儿本来就会发热。婴儿时常发热。除发热外，该婴儿无其他症状。大部分婴儿发热病例不是由最近传入人类群体的新型病毒导致的。患儿家庭中的其他三名成员到目前为止均未出现任何症状。

未知因素：病毒的传染性。病程。从接触病毒到出现症状的时长。该疾病在成人及儿童身上的典型症状。对两个群体的短期影响和长期影响。典型发展轨迹。致死率。

声明："未知因素很多。"患儿的母亲如是说。

考量：现在是凌晨1点45分。患儿的姐姐正在睡觉。如需就诊，得由患儿家长之一独自驾车将患儿送至儿童医院，另一位家长则需——

中断：患儿呕吐。呕吐过程较平静，不剧烈。患儿像无聊时打哈欠般张开嘴巴。患儿胃内物质被排出。呕吐结束后，患儿虚弱、安静。患儿睡着了。

考量（接上）：另一位家长则需留在家中陪护患儿的姐姐。

进一步考量： 将患儿送至医疗场所是否比将患儿留在家中观察风险更高？如果患儿并未感染新型疾病——患儿或患儿家长有无可能在医疗场所感染该疾病？

决策： 患儿父母选择方案 B。给患儿服用"婴儿泰诺"。凌晨 1 点 50 分致电医生。

更正： 未能与医生通话。电话被转至答录机服务。医生将回电。

插曲： 患儿父母清理了地面。患儿父母调暗了客厅的灯光。患儿父亲躺在沙发上，让患儿躺在自己胸前。患儿父亲注意到患儿身体的温度，罕见的高温，像热水壶，像汽车引擎。这是工作产生的热量，是消耗的能量转化成的热量，新生的小身体正在努力工作，想赢得一场战争。患儿的父亲犹记得患儿刚到世上的日子，他想起婴儿肿胀的眼皮，睁开和闭上都要花费相当的努力，他想起婴儿的手指在水下活动，他想起新生儿的身体如一面盾牌，躯干是倒三角形的，四肢则缺少力气。这些想法让他觉得安心。婴儿的身体是为生存设计的，患儿的父亲这样告诉自己——这种想法鼓舞他，给了他信心。患儿现在 10 个月大了。患儿长大了很多。他的身体胖胖的，他身体的重量压在父亲的胸前，既让人安心又让人忧心，他的体重提示他们已向患儿的身体中投入了多少（207 千克母乳，来自患儿母亲的身体；722 颗覆盆子；13.5 千克酸奶；120 只香蕉；84 小块奶酪；15 包名为"酸奶溶豆"的轻如空气的小食品，该患儿非常喜欢吃这个；还有一小口蛋糕，那是患儿的姐姐悄悄喂给他的）。除了这些投入患儿体内的物质以外，还有他们对他的爱。他们爱他，因为他的笑。因为他的小嘴，和嘴里萌发出的三颗牙齿，因为他亲吻别人的方式（上周刚刚学会的），因为他张着嘴让那些吻落在接受者脸上的方式——还有他的手，父亲现在正触碰着的那双手，最近刚刚学会如何挥动的那双手。在父亲的胸前，现在婴儿的所有部分都不动了。父亲的所有部分都不动了。母亲坐在一把椅子上，望着他们。也看着她的手机。等着医生的回电。三次，她检查手机，确认手机不在静音状态。

观察： 一小时过去了。房子里寂静无声。也许，患儿的母亲想，一切都会——

中断：患儿再次呕吐。吐在父亲胸前。还有沙发上。还有地毯上。患儿抬起头，想看看自己做了什么。然后又低下头，直接把头埋进刚从他身体中涌出的那摊液体里。患儿又睡着了。

暂停。

命令："接一下他，"患儿的父亲轻声说，"接一下他。"

后果：患儿的母亲接过了患儿，把他清理干净。患儿的父亲清理了自己的衬衣、沙发、地毯，还有自己的头发。然后再次接过患儿。

问题："现在几点了？"患儿的父亲说。

　答案：现在是凌晨 3 点过 2 分。

问题："医生为什么还不回电话？"患儿的父亲问。

决策：由母亲，也就是能为患儿提供母乳的人，把患儿送到医院。父亲抱着患儿，刚换好衣服的、熟睡的、身上还散发着胆汁味的患儿。母亲收拾出一包东西。

清单：向包里放入六片尿布、一包湿巾、两套替换用的衣服、两条口水巾——"多拿几条。"患儿的父亲说，他想着刚刚的呕吐物——一个手动泵奶器、两瓶泵好的奶——以防万一母亲要和孩子分开——一个冰袋、一个小小的保温袋、给母亲的饮用水、给母亲的干粮、一个和母亲的手机配适的充电器。母亲的手机。她的钱包。她的钥匙。紧接着，钥匙"喀拉"一声掉在地上。

中断：患儿笑了。

问题："他刚刚笑了吗？"母亲问。

答案：他确实笑了。患儿抬起头来。他张开的手掌，朝落在地上的钥匙比画。我要。患儿笑了。

观察：患儿的眼睛有神了。患儿的脸色比之前好了。患儿环顾屋子，嘴里发出声音。"哦哇，哦哇，哦哇。"患儿念咒般地说着，露出惊叹的神情。这是他学会的第一个词，最近刚学会的。

推理："他好一些了。"母亲说。"我们再测一次体温吧。"父亲说。

结果：38.4度。

提议："也许，"父亲说，"我们可以——"

中断：电话响了。医生来电。

建议："她说我们可以等到早上。"母亲说。

观察：患儿在揉眼睛。患儿看起来很疲倦。

决策：父母脱光患儿的衣服，只留下尿布。把他放进睡袋，粉红色镶边的睡袋，是他姐姐用过的。他的家居服，母亲这样叫那套衣服，叫她想起她祖母的家居服，想起祖母会在那衣服的口袋里放入糖果，想起祖母长而柔软的脚，还有她生病时祖母会把一只手放在她背上，还有她出水痘的时候祖母过来照顾她，陪她一遍又一遍地看《音乐之声》，从不抱怨，从不流露出厌烦的样子。这些思绪让她感动。所有祖先，所有那些温柔曾给予一个又一个孩子，最后一个得到温柔的是这个孩子——她此刻抱在怀里的孩子。母亲一边回忆，一边给婴儿喂奶，哄他入睡。每当婴儿的动作有所停顿，她便一阵紧张，怕他再次呕吐。

他没有吐。现在先这样吧，母亲会把他放进婴儿床里，他穿着他粉红色的家居服，母亲会看着他入睡，会俯身把一只手搁在他额头上，一次又一次地试他的体温。温而不烫，她这样告诉自己——虽说不用体温计她也并不能确定。她在地上躺下，躺在婴儿身边。她看着婴儿。婴儿在呼吸。婴儿在呼吸。昏暗的光，婴儿脸上的阴影。探手穿过婴儿床的围栏板条，她用一根手指触碰婴儿的皮肤。温而不烫。温而不烫，她想——一句咒语，一种祈祷——尽管烫不烫她也并不能确定。

A THE WALK BY KAMILA SHAMSIE

散 步

卡米拉·夏姆斯

Kamila Shamsie

生于 1973 年，巴基斯坦裔英国作家。著有小说《战火家园》《影之焚》。夏姆斯在巴基斯坦的卡拉奇长大，现居伦敦。

阿兹拉推开院门，走到外面的路上。你确定吗？母亲在花园里说。她母亲正在花园里绕着圈走路，每四十五秒走一圈。

每个人都这么做，甚至独自一人的女人，阿兹拉说。但她没把院门关上。她站在外面，紧紧抓着手提包，里面除了手机空无一物。手机既让她觉得安全，又让她觉得自己更像一个目标。五分钟！祖赫拉喊道，同时踩着她惯常的轻快脚步向阿兹拉走来。她的声音无疑在半条街外也能听到。我走到你这儿花了五分钟。不到五分钟。

那似乎不太可能，因为两栋房子之间开车都要那么长时间。但是祖赫拉坚称事实如此，因为开车会堵车，还要绕开单行道。阿兹拉关上院门，听见母亲停止在花园里绕圈，走上车道，从里面把院门闩上了。洗手，阿兹拉对着院门和墙壁之间的窄缝说。母亲说，好，好，知道了，妄想症小姐。

她们出发了，祖赫拉领先几步，在阿兹拉左前方一米。没有人行道，所以她们走在车道上，但就算是在正常时期，住宅区的这条街上也没什么车。几栋房子开外，一个女人站在阳台上对她们抬手致意。自从那房子建好，那女人就一直住那里——那是近二十五年前了，当时阿兹拉刚从大学毕业回到家里。阿兹拉抬手回应。第一次互动。

才四月初，但在卡拉奇，冬天已成了回忆。阿兹拉扯了扯身上的卡米兹[1]，潮湿让衣服贴在皮肤上。祖赫拉穿着她们平时在公园里散步时她爱穿的衣服——瑜伽裤和T恤。上次在公园里散步已是三个多星期前的事了，尽管祖赫拉还是每天开车去公园喂猫，保安会给她打开公园门上的锁，因为他和她一样爱动物。

话题只有一个，却包含许多子集。她们在日常与世界末日之间游走，沿着一条笔直的、寂静到叫人发毛的

1　一种印度、巴基斯坦等国妇女穿的传统服装。

主干道前行，直到海的气息令她们安静下来。海在她们前方闪耀了一会儿，然后她们到了海边。沙滩铺展开来，驼棕色，纯净无瑕，更远处是鸽灰色的水面。卖吃食的小贩、沙滩车、卖风筝的人、坐在防波堤上的夫妇，还有驱车前来，想将卡拉奇的喧嚣换作微笑的家庭：这些东西全都不见踪影。两个警察戴着口罩，骑在马背上，来到她们跟前。

警察叫她们离开。回去时她们选了另一条路，这一次她们在树木夹道的窄街上曲折前行，有时停下，谈论房屋的建筑风格。几乎从出生开始，她们就一直生活在大都市的这几平方千米内，却从未想过要留意这些建筑。相当偶然地，她们走上了一条散步者密集的路，其中还有几个她认识的人。每个人都在挥手，每个人都很高兴见到彼此，每个人都夸张地表演如何与他人保持距离，即使在无法保持距离的时候也如此。还未到青春期的孩子骑着自行车呼啸而过，旁边并无大人陪伴。这个社区中从未出现过比此刻更接近街头派对的场景。阿兹拉叫喊着向一位老同学打招呼，既不担心自己的声调过高，也不担心此举可能引来的关注。她的手提包在身侧松散地摇晃着，未被紧紧攥住。在那一刻，世界仿佛成了一个比以往任何时候都好的地方——既慷慨，又安全。

等这一切都结束了，也许我们有时可以到这里走走，而不是在公园的步道上没完没了地绕圈，祖赫拉说。也许可以，阿兹拉说。

TALES FROM THE L.A. RIVER BY COLM TÓIBÍN

洛杉矶河畔的故事

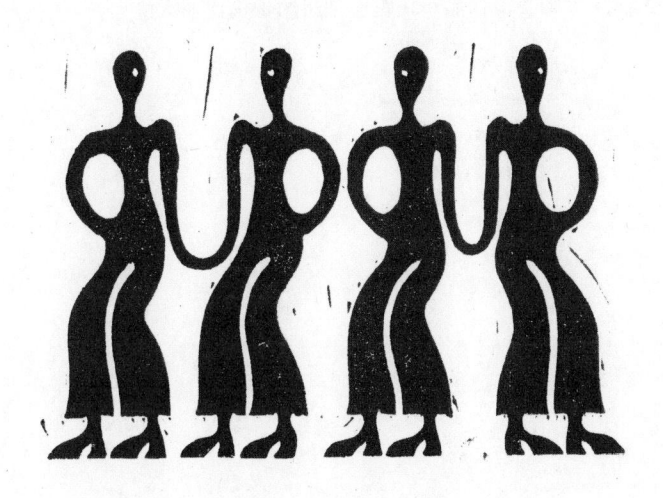

科尔姆·托宾

Colm Tóibín

生于1955年,爱尔兰作家,著有《黑水灯塔船》《大师》等作品。托宾还是纽约哥伦比亚大学人文研究系教授。

封锁期间，我写了一本日记。我首先写下闭关开始的日期——2020年3月11日，以及地点——洛杉矶，高地公园[1]。第一天，我抄下那天早上在一辆露营车上看到的句子："微笑。你正被拍摄。"

这第一条之后，我再也想不出别的可写的。在那之后，没什么事情发生。

我真希望我说的是，我每天早晨起床，在日记上写下新的一章。但其实我早上都赖在床上，之后，随着一天中时间的流逝，我开始忙于痛斥我男友的音乐品位。H.新买的音箱让他的音乐品位变得更具破坏力，本来

---

1 洛杉矶东北部的一个街区，以多元化的居民构成和浓厚的文化艺术气息著称。

模糊的刺耳喧响现在变得愈发清晰。

人类分为两种：从青春期末尾开始听巴赫和贝多芬的人，还有没这么做的人。H. 属于后者，相反，他拥有一大堆黑胶唱片，其中几乎没有古典乐，也没多少我喜欢的音乐。

而且，H. 和我从不读一样的书。他的母语是法语，他的头脑是思辨性的。因此，他在一个房间里忙着研究雅克和吉尔[1]，而我在另一个房间读简和艾米莉[2]。

他读哈利·道奇[3]；我读戴维·洛奇[4]。

||||||||||

有位作家住在美国中西部的某个小城。我一口气读完了他的两本书，我喜欢他在小说中的感情流露。虽然从未见过他，我却打心底希望他能幸福。我在网上读到他有男友，还看了一些他发的帖子，内容是他们快乐的

---

1 指雅克·马里顿和吉尔·德勒兹，两者均为法国哲学家。
2 应该是指简·奥斯汀和艾米莉·勃朗特，两者均为英国小说家。
3 美国艺术家、作家，著有《我的陨星：若没有随机，便不可能有任何新的东西》。
4 英国小说家，著有卢密奇学院三部曲（《换位》《小世界》《美好的工作》）。

家庭生活，这让我很高兴。事实上 H. 曾经见过这位作家，H. 也为他能和他爱的人一起安定下来感到高兴。

很快，我们开始一起看那位作家发在网上的东西。他回到他们家时，他男友准备好花等着他。我们看了一张花的照片。

那位小说家还烤曲奇饼，至少他在网上发的照片里是这样。他和男友每晚一起看电影，他们两人都觉得那些电影是令人愉快的意外发现。

|||||||||

每个人心中都有影子般的人、影子般的地方、影子般的情节。有时它们占据的空间比苍白的、实际发生的事情更大。

那种苍白让我寒战，而那些影子让我兴奋和赞叹。

我喜欢想象那位影子般的小说家和他的男友。

我试图想象一种关于幸福家庭生活的叙事，其间我们共享空间、音乐、小说和电影，把两人的爱情发到网上。

但不管我作何梦想，事实是，我们无法就晚上看什么电影达成一致。第一周，我们决定看以洛杉矶为背景的电影，包括《穆赫兰道》和《粉红色杀人夜》。对我而言，前者节奏太慢，后者则包含太多不祥的隐喻。H.不仅热爱这两部电影，还想跟我讨论一部电影的影像如何渗入另一部电影，以及电影中包含了多少隐秘的引用和修辞，因为他很懂电影。

而我去电影院从来只为了娱乐。睡前一小时，家里的气氛紧张起来，因为 H. 四处追着我，告诉我这些电影的真正含义。

那是我最爱他的时刻：他对电影、对银幕上产生的观点和图像如此认真、如此激动，他如此迫切地希望把我们的谈话维持在严肃的层面上。

但在那些糟糕的夜晚，我难以自制。当他详尽又切题地引用戈达尔、戈多和居伊·德波时，我只能如此回应他："那部电影是垃圾！它侮辱我的智商！"

⸻

我梳理历史上伟大的同性伴侣的名字——本杰明·布里顿和彼得·皮尔斯，格特鲁德·斯泰因和爱丽丝·B. 托克勒斯，克里斯托弗·伊舍伍德和唐·巴沙尔迪。为什么他们总会一起下厨，画下彼此的肖像，或者写歌让对方来唱？

为什么只有我们是我们这样？

或许我和 H. 应该趁此时机，像个成年人那样做出改变，就此愉快地开始阅读对方喜欢的书。

但我们没有，我们依旧阅读更多自己喜欢的书。在文化方面，他是杰克·斯普拉特，绝不吃任何肥肉。而我是杰克的妻子，绝不吃任何瘦肉[1]。

||||||||||

我最喜欢的事莫过于我认真看待的事被人嘲笑，或者我认为荒谬的事被人认真看待。

封锁开始时，我认为洛杉矶河及其所有支流都很有趣。但我很快便会领教现实的滋味。整个"保持社交距离"的事情过去一半时，我只希望再也不要听到超级投手

---

1 出自一首英语童谣："杰克·斯普拉特绝不吃任何肥肉，他的妻子绝不吃任何瘦肉，但他们两人一块儿，就把盘子舔得干干净净。"

那首名叫《小狂人》的歌的哪怕一个音符——如果那能叫音符的话。那是一首 H. 非常喜欢且经常大声播放的歌。

我不会开车，也不会烹饪。我不会跳舞。我不会扫描一页书，也不会用电子邮件发送一张照片。不到万不得已，我没主动用过一次吸尘器或铺过一次床。

要向同住人解释这一切有其合理性，可相当困难。我暗示我的一切失败都源自童年创伤。当这么暗示不管用时，我便毫无证据地指出邋遢是思想深刻的人的专利，是想要改变世界的人的专利。马克思很不爱整洁；亨利·詹姆斯是个邋遢鬼；没有任何证据显示詹姆斯·乔伊斯曾打扫过他的房间；罗莎·卢森堡也很不整洁，更别提托洛茨基了。

我真的努力好好表现了。比如说，我每天都把碗盘从洗碗机里拿出来。还有，我给 H. 煮咖啡，每天几次。

然而，有一天 H. 说该用吸尘器清扫房子了，我回答那可以等到我不在家的时候再打扫，等我去别的地方做研究或者讲课时。

"读读报纸吧，" H. 说，"'不在家'已经是老掉牙的事了。"

有一小会儿,那句话听起来像一项指控。然后,H.以法国人那种居高临下的姿态盯着我,于是那句话听起来又像是种威胁。

很快,吸尘器的声音响彻整栋房子。

|||||||||

我爱那些我们两人都无事可做的日子,而且目光放远,前方还有许多同样的日子。我们像一对老夫妇,已一同变得成熟而睿智,一个人说上半句,另一个人就能补完下半句。唯一的问题是,我们对任何事情的看法都不太一致。

封锁期间,我们是快乐的,比那之前的一段时间要快乐。但我希望我们能像那位小说家和他男朋友一样,能像其他同性伴侣一样,获得一种轻松、满足的快乐。

我在花园里找了一个坐下读书的地方。当响亮的音乐从室内传出时,我常常待在室外。家庭音乐[1],也许你

---

1 正式译名为"浩室音乐",是电子音乐的一个分支,起源于芝加哥的一家名为"仓库"(Warehouse)的舞厅。此处 House 一词双关,既指"家庭"音乐,也指"浩室"音乐这种曲风。

可以这么叫它；还可以称它吵闹音乐。

有一天，我走进屋里时看到 H. 正把唱针从一张唱片上抬起来。他这么做，据他说，是不想让音乐吵到我。我感到很抱歉，试图假装他的音乐一点儿也没有吵到我。

"你干吗不继续放音乐呢？"我问。

我觉得那音乐很刺激，这感觉持续了一秒钟，然后是两秒钟。我内心的那个青少年苏醒了一分钟。那是发电厂乐队的歌。我停下脚步，开始聆听。我对 H. 露出赞许的微笑，我几乎喜欢上了这音乐，可接着我犯了一个错误：试图跟着音乐的节奏跳舞。

我对舞蹈的唯一了解来自电影《周末夜狂热》[1]，1978 年，我在都柏林照管一群西班牙学生的时候被迫看了这部电影。我讨厌这部电影。后来我的一位同事，一位加密符号学家，用缓慢的英语向我解释了这部电影的隐秘内涵，于是我更讨厌这部电影了。

但我对舞蹈的全部了解都来自这部电影。这些年来，我确实也泡过迪斯科厅，但我对后台、侧目送出秋

---

[1] 一部由约翰·特拉沃尔塔主演的十分热闹的歌舞片。

波和含量十足的酒精更感兴趣，对舞姿正确与否则不甚了然。

尽管如此，我还是尝试了一下，在H.的注视下。我跟着节拍移动双脚，挥舞手臂。

H.努力抑制自己皱眉蹙额的冲动。

我悄悄溜走了，像一个负罪者。我觉得自己就像歌里的琼斯先生："这里正发生一些事情，但你不知道那是什么，对不对，琼斯先生？"

我明白了，不是我在嘲笑发电厂乐队（我一直这么做，直到这一刻为止），而是发电厂乐队在嘲笑我。

"你不够酷，你不配听我们的歌。"发电厂乐队对我耳语道。

花园里的石榴树上挂着一个吊床。我在吊床上阅读亨利·詹姆斯，深深沉醉其中。

||||||||||

我们在网上订购了自行车。我梦想我们两人在市郊的街道上飞驰，经过一座座陷入忧惧的小屋。人们瑟缩在那些房子里，从一个电视频道切换到另一个，希望得

到救赎，同时以祈祷般的热忱不断洗手。

透过窗户，他们看到我们自由地飞驰而过，那场景像一张被遗忘的黑胶唱片的封面——我是这样想象的。

自行车运到了，比预期早到几天。唯一的问题是它们需要被组装起来。

H.开始研究说明书的时候，我试图溜走。他明确表示他完成这项巨大的工程时需要我在旁边，我坚称自己得去发几封十万火急的电子邮件。但这不管用。他命令我站在那里，要面带关切地看着他，他则躺在地上汗流浃背、骂骂咧咧地质问天上的上帝为什么让厂商不仅送错螺栓和螺母，还少送了螺丝。

我想象网上那位小说家，那位快乐的小说家，和他的男友一起完成了这项工程，两人齐心协力地找到了正确的螺丝。这时我意识到，但H.并没有意识到，他认为厂商装错了的那些细金属棒其实没装错，它们实际上是用来固定前轮的。我想起了本杰明·布里顿、格特鲁德·斯泰因、克里斯托弗·伊舍伍德和他们的伴侣。他们一定知道怎么表现出充分参与的姿态。

由于H.如此愤怒（不仅是对自行车和制造自行车的厂商，而且对我也很愤怒，因为买自行车全是我的主意），我判断此刻最好召唤出我的另一个版本。我最后一次使用那个版本还是在学校里，当我不理解 x 为什么等于 y 的时候。

我装出一副很笨的样子，同时悲伤而谦逊，情绪温和平静，但又深深地投入到面前的任务中。

不久，经过一番挣扎和叹息，自行车装好了。我们戴上头盔和口罩出发，飞下一座小山，满载欢欣和喜悦，以及有节制的放纵，就像高级肥皂广告中的两个男演员。

我有好多年没骑过自行车了。我任由这台机械沿阿德兰特大道滑下，滑上名字优美的松快街，接着是约克大道，然后是马米恩道，最后是阿罗约塞可公园。在这个过程中，我那扭结成一团的精神发生了某种变化。不是下坡的时候，路很平。街上没什么车，只有一些戴着口罩的行人站在人行道上一脸迷惑地望着我们。

我从不知道洛杉矶河有一条支流穿过公园，也不知道支流一侧的河岸上有条自行车道。很难用通常的词汇描述这条所谓的河流。它的名字叫阿罗约塞可河，意思是"干涸的溪"。它确实是干的，或者说足够干，它其实也没有"河岸"，因为它算不上一条真正的河。

等这一切结束时，洛杉矶一定会很可爱。

尽管最近下过雨，这个被栏杆围住、等着汇入拥有宏伟名字的河流的排水口依然没有水。洛杉矶河和它细小的支流一直承受着痛苦，我始终这样相信，它们吁求着怜悯。

但此刻，当我把自行车推上小道，我觉得自己发现了一些这座城市从前一直被隐藏的元素。没有车能开到这里。这个悲伤而古怪的场景的图像永远不会被传送到世界各处。没有"快来洛杉矶吧！来河边骑车！"的宣传标语。没有一个头脑正常的人会到这里来。

但它几近于美丽的。我不应该嘲笑洛杉矶河。

正当我深深沉浸在这些让我觉得自由的想法中时，H.从我身边飞驰而过。我回过头去，看到小说家和他的伴侣，非常幸福的那对，网上的那对，此刻化身为两个幽灵，正跟在我身后，他们后面则跟着历史上所有幸福的同性伴侣，所有人都在奋力蹬车。我换了挡，甩开他们，朝着H.的背影，用尽全力追上去。

SCREEN TIME
BY ALEJANDRO ZAMBRA

屏幕时间[1]

1　原作以西班牙语写成,由梅根·麦克多维尔翻译为英语。

亚历杭德罗·桑布拉
Alejandro Zambra

生于1975年,智利诗人、小说家。著有《我的文件》《多项选择》《盆栽》《回家的路》等多部作品。桑布拉现居墨西哥城。

在男孩两年的生命中,他多次听到父母的卧室里传来笑声或哭声。假如他发现他睡觉时父母实际上在做的事——他们在看电视,很难说他会有什么反应。

他从未看过电视,也从未看过任何人看电视,因此父母的电视机对他而言多少有些神秘:它的屏幕像某种镜子,但上面反射的图像既不透明又不清楚,你也不能趁它蒙上蒸汽时在上面作画,尽管有时它会蒙上灰尘,那样你也能玩类似的游戏。

不过,要是男孩发现电视屏幕能再现运动的图像,他并不会觉得惊讶。父母有时允许他在其他屏幕上见见其他人。他最常看到的是第二国的人。因为男孩有两个国家:妈妈的国家——他的主要国家,和爸爸的国家——他的第二国家。爸爸并不住在那个国家,但爸爸的父母住在那里，他们是男孩最常在屏幕上见到的人。

男孩也面对面地见过爷爷奶奶，因为他去过第二国两次。第一次旅行他不记得了，但第二次去时他已经能自己走路，也能自言自语，一直说到喘不上气来。那几个星期令人难忘，虽然最难忘的事情发生在去那里的飞机上：一个看起来似乎和他父母的电视机屏幕一样无用的屏幕突然亮起来，冒出一个友好的红色怪物，用第三人称称呼自己。怪物和男孩立刻成了朋友，也许因为那时候男孩也用第三人称称呼自己。

这场相遇是个意外，真的，因为男孩的父母并不打算在飞机上看电视。起飞后，他先小睡了几觉，然后他父母打开一个小行李箱，里面有七本书和五个动物指偶。他们花很长的时间阅读那些书，并在读完后立刻重读，其间指偶不时用无礼的评论打断他们，还对云的形状和餐点的质量发表意见。一切顺利，直到男孩向父母索要某个玩具，而那个玩具——据他父母解释——选择在托运舱里旅行。接着，他又想起另外几个玩具，它们——没人知道为什么——选择留在主要国家。于是，上飞机六小时后，男孩第一次哭了起来，哭了整整一分钟——并不久，但对坐在他们后面的男人来说似乎太久了。

"叫那孩子闭嘴!"那男人吼道。

男孩的母亲转过身看着那男人,脸上带着平静的鄙视。接着,在一个精准拿捏过的停顿之后,她降低视线,死死盯住他两腿之间,用毫无侵略性的语气说:

"一定很小吧。"

男人没有回答,似乎对此项指控找不到任何辩解之词。男孩——现在已经不哭了——爬到母亲怀里。接下去轮到他父亲说话。他也跪在座位上盯着那男人;他没有出言不逊,只是询问了对方的名字。

"恩里克·埃利萨尔德。"那男人说,语气中带着他仅存的一点儿尊严。

"谢谢。"

"为什么问我的名字?"

"自有原因。"

"你是谁?"

"我不想告诉你,但你会知道的。我是谁,你很快就会知道得一清二楚。"

父亲又瞪了恩里克·埃利萨尔德几秒钟,后者现在已变得懊悔而绝望。要不是一阵乱流迫使父亲重新系好安全带,他本来还会继续瞪下去。

"那混蛋以为我是有权有势的大人物。"他小声咕哝道,用的是英语,这是父母说别人坏话时会下意识使用的语言。

"我们至少应该用他的名字创造一个角色。"母亲说。

"好主意!我要让我书里的所有坏人都叫恩里克·埃利萨尔德。"

"我也是!我猜我们得开始写点儿有坏人的书了。"她说。

他们就在这时打开了面前的屏幕,调出了那个节目,里面有那个快乐的、毛茸茸的红色怪物。节目放了二十分钟,当屏幕黑下来时,男孩提出抗议,但他父母解释说,怪物只能出现一次,不像书那样可以反复阅读。

他们在他的第二国待了三个星期,男孩每天都问起怪物。父母告诉他怪物住在飞机上,只会在那里出现。在回家的飞机上,他们终于重逢,但只持续了短短二十分钟。回家两个月后,因为男孩依然以一种忧郁的语气提起怪物,父母便给他买了个毛绒玩具,男孩把那个复制品当作怪物的真身。自此以后,他们便形影不离:事实上，这会儿男孩正抱着红色的毛绒玩具睡着了，他父母已经回卧室休息，想必很快就会打开电视。如果一切如常，这个故事可能将以两人一起看电视的场景告终。

|||||||||

男孩父亲小的时候，家里永远开着电视，他就这样长大。像儿子现在这么大时，他可能根本不知道电视机还可以关掉。而男孩的母亲正相反，父母从不让她接触电视得有十年，着实叫人惊奇。她母亲公开宣称理由是，她家在市郊，电视信号到不了这么远的地方。因此，对女孩而言，电视机似乎是个全然无用的物件。一天，她请同学到家里玩，那位朋友未经允许，直接插上电源，打开了电视。此事并未造成任何幻灭或危机：女孩认为电视信号只是刚刚通到城市外围。她飞奔到母亲面前，传达了这个好消息。母亲虽然是无神论者，却在那一刻双膝跪地、两臂高高举向天空，以歇斯底里的语气令人信服地喊道："这真是老天开眼！"

尽管成长背景迥异，夫妻二人对子女教育的意见却完全一致：都认为儿子接触电视屏幕的时间越晚越好。

他们并非狂热的极端分子，绝对不是；他们一点儿也不反对电视。两人刚认识那会儿也常采用老套的恋爱策略：用相约一起看电影掩饰约会的真实目的——上床。之后，在男孩尚不存在的"史前时期"，两人未能抗拒许多优秀电视剧的伟大魔力。在孕育儿子的十个月间，他们从未看过这么多的电视，男孩在子宫内生活时，背景音乐不是莫扎特的交响曲或摇篮曲，而是电视剧的主题歌：有的剧充满血腥的权力斗争，发生在遍地僵尸与龙的架空远古时代；有的剧发生在宽敞的政府官邸中，宅邸的主人自称"自由世界的领袖"。

男孩出生后，夫妻二人的电视观赏体验发生了天翻地覆的变化。每天结束时，两人都身心俱疲，注意力只能集中三四十分钟（其间集中程度也不断衰减），因此，两人在不知不觉中放低了标准，沦为平庸剧集的拥趸。他们仍想沉浸在深刻的领域中，在别人的故事里体验复杂而有挑战性的生活，迫使自己严肃地重新思考自己在世界上的位置，但这些都靠白天读书获得；晚上，他们想要的是轻松的笑料、滑稽的对话，和毫不费脑的剧本——尽管有点儿可悲，但不花一丝力气就能理解，这确实令人满足。

||||||||||

他们计划未来（也许在一两年后）用周六或周日下午陪儿子一起看电影，甚至连家庭观影片单都已经列好。但现在，电视只在睡前的最后一小时打开，那时男孩已经入睡，父母暂时做回他们从前的角色——她自己和他自己，仅此而已。她在床上看手机，他仰面躺在地上，仿佛刚做完一轮仰卧起坐正在休息。他突然起身，也躺到床上，伸手去拿遥控器，却半路改变方向，转而拿起指甲钳。然后，他开始剪指甲。她看着他，觉得他最近总是在剪指甲。

"我们得在家里关上几个月。他会觉得很无聊。"她说。

"他们允许人们遛狗，却不允许遛孩子。"他讥诮道。

"他肯定不喜欢这种生活。也许他没表现出来，但他一定过得很不开心。你觉得他能理解多少？"

"和我们差不多多。"

"那我们又理解什么？"她问。那语调仿佛学生在复习备考时问："什么是光合作用？"

"我们理解我们不能出门，因为有种倒霉的病毒。仅此而已。"

"我们理解过去允许的东西现在被禁止了，而过去禁止的东西现在还是被禁止。"

"他想念公园、书店、博物馆。就跟我们一样。"

"还有动物园。"她说，"他没说出来，但他比以前更爱抱怨，也更常发脾气了。不算太明显，但确实有变化。"

"但他并不想念幼儿园，一点儿也不。"他说。

"我希望封锁只是两三个月的事。可要是更久呢？封一整年怎么办？"

"我觉得不会。"他说，他希望自己的语气能更有说服力。

"如果我们的世界从此以后一直这样怎么办？要是这场病毒过去以后又有第二种、第三种怎么办？"这几个问题是她提的，但提问的同样可能是他，以同样的词句和同样焦虑的语气。

白天两人轮流当班：一个带孩子，另一个工作。他们事事都落后于计划，虽然如今人人都这样，但他们觉得自己肯定比其他人落后更多。他们应该抢着去工作，争着说自己的工作更紧迫、报酬更高，但事实上两人都恨不得全天带孩子，因为和孩子在一起的半天是真正快乐的时光，充满真挚的笑声，是足以净化心灵的逃避。比起工作，他们更愿意整天在走廊上玩球，或者在墙上那一小块专用来涂鸦的方块区域里随手画些奇奇怪怪的生物，或者一边弹吉他一边任儿子乱转弦钮弄得琴音走调，或者给儿子读书——现在他们觉得那些书完美极了，比他们自己写的（更准确地说是试图写的）好多了。就算家里只有一本童书，他们也愿意从早到晚不间断地反复读它，那样就不用在可怕的新闻广播的背景声中，坐在电脑前面回复邮件，拼命为不能按时完成工作而道歉，也不用一直盯着那幅愚蠢的地图，盯着实时感染人数和死亡数字——他尤其会不断关注男孩的第二国家，那里对他自己来说仍是主要国家。他想着自己的父母，幻想他们在上次通话后的时日中已经染病，他因此再也见不到他们了。然后他会给他们打电话，那些电话让他心碎，但他没有说什么，至少没对她说，因为她已在缓慢而未完成的焦虑中煎熬了好几周。那种焦虑让她觉得自己应该开始学习刺绣，或者至少应该停止阅读那些美丽而绝望的小说。她还觉得自己不该当作家。他对自己也有同感，不该当作家的话题，他们已谈过多次,因为他们试图写作时常常——其实每次都如此——感到那种无可逃避的徒劳,每个词、每个字都是徒劳。

"我们就让他看电影吧,"她说,"有什么不行的呢?只有星期天让他看。"

"那样至少能让我们分清今天是星期一、星期四还是星期天。"他说。

"今天是星期几?"

"我想是星期二。"

"那我们明天再决定吧。"她说。

他剪完指甲,看着自己的双手,感到一种不确定的满足,仿佛他刚刚帮别人剪完了指甲,或者他正在看着别人的双手,那人此时刚剪完自己的指甲,出于某种理由(也许是因为他现在已经是一个剪指甲专家了),正在征求他的意见或认可。

"长得比过去快了。"他说。

"你不是昨晚刚剪过吗?"

"对,所以我才说长得比过去快了。"他说这话时非常严肃,"每天晚上看,都像是过了一个白天又长出来了。快得不正常。"

"我想指甲长得快是好事。据说，在沙滩上指甲长得比在别处快。"她说，语气像正在努力回忆什么，也许她回忆的是在沙滩上醒来、太阳照在脸上的感觉。

"我觉得我的指甲破纪录了。"

"我的指甲长得也比过去快。"她微笑着说，"比你的还快。到中午我的手已经变成爪子了。然后我把它们剪掉，然后它们又长出来了。"

"我的肯定比你的长得快。"

"不可能。"

然后他们把手放在一起，仿佛真在观察指甲生长，仿佛他们能比较速度，本该快速闪过的一幕拉长了，因为他们允许自己被困在这无声竞争的荒谬幻觉中。这幻觉美丽而无用，拖得那么长，连最有耐心的观众也会愤然关掉电视。然而，并没有人在看他们，尽管电视屏幕像摄像头般录下了这一刻，他们的身体冻结在那个古怪而可笑的姿势中。一台监视器放大了男孩的呼吸声，那是这场指甲比赛的唯一伴奏，一场持续数分钟却因过短而不能让任何人获胜的比赛，一场终于以他们渴望已久的温暖而坦诚的笑声终结的比赛。那笑声才是他们真正需要的东西。

THE TEAM BY TOMMY ORANGE

团　队

汤米·奥兰治

Tommy Orange

生于1982年,美国作家。著有小说《没事了,没事了》。奥兰治有印第安血统,现居加利福尼亚,在美国印第安人艺术学院教授写作课程。

你盯着办公室的墙壁，盯了多久你不确定。最近，时间就这样溜走，仿佛溜进窗帘后面，然后又以另一种形式跑了回来。有时是因特网上的一个洞；有时是街上的一次散步，你坚称那是与妻子孩子一起进行的一趟远足；有时是眼前的一本书，你的眼睛在看，头脑却不理解；有时是令你无法起身的抑郁；有时是观察盘旋于天空的红头美洲秃鹫；有时是你永远迫在眉睫的焦虑；有时是一次失败的视频电话会议；有时是陪儿子上网课；有时是四月、五月已经过去；有时是对死亡人数的痴迷，没有名字的数字，在动态地图上无休止地上升。时间不站在你这边，也不站在任何人那边，它和你一起梦着它是如何被虚度的，就如你一般，就如同云层后面的太阳，既小心隐匿，又大声喧嚣。

你在想自己最后一次在公共场合活动是什么时候。每周戴着口罩、惊慌地去超市买菜不能算。去邮局混乱地领取信件也不能算，当时你捧着一堆摇摇欲坠的箱子，里面都是无关紧要的东西。自从那期播客介绍了"口水雨"这个恶心的概念以后，你尽你所能与你看到的每个人保持距离。你甚至避免一切眼神接触，你实在太怕被感染。

最后一次参加大规模聚集的公共活动，是跑半程马拉松，那是你人生第一次跑"半马"。奖牌就挂在办公室里，像个鹿头一样挂在墙上。半程马拉松听起来不是什么大事，它只是半程，但对你来说是很大的事，你跑呀跑，一步也不停歇地跑上二十一千米。刚开始训练时，你曾花钱加入了一个跑步小组，组员聚在一起给你打气，然后告诉你一切是多么严酷。你喊过口号，听过领队没完没了地大谈他们的比赛用时，还有他们装在塑料袋里、挂在腰间的高级食物和能量补给。你讨厌团队训练，于是你退出跑步小组，开始把你的整个身体、你的健康、你的日常训练，以及你跑步时听的歌单当作一个团队。你早起跑步，有时一天不止跑一次。你坚持达到计划的千米数，按照训练 App 的要求进行饮食——

于是 App 也成了团队的一部分。团队信守它对它自己的承诺。团队是你保持健康的心脏，是你保持清澈的肺部，是你的决心——坚定不移地做这件你决心要做的事，虽然你甚至不记得你为什么要这么做。

人类自长腿以来就会跑步，这是一定的。你跑步也有好一阵子了，主要是为了击退随年龄增长而不断向你进攻的体重。但赛跑是一桩新事，为完成一段距离而跑，为时间而跑，为越过终点线而跑，这是你承担的一份奇怪的责任、一套衣钵、一个有终点线的目标。在现代社会之前，跑步是件严肃的事；它意味着紧急，奔向某事、逃离某事、捕猎、被捕猎，或传递重要消息。第一次正式的马拉松比赛发生在 1896 年的奥运会上，冠军是一位希腊邮差。设置这样的赛程长度是为纪念古希腊传说中的一位传令兵，他为传递胜利的消息而奔跑，在到达的那一刻倒地死去。还有数不清的古代跑步者的例子——1519 年，在科尔特斯把伊比利亚马带到佛罗里达之前，印第安人一定在美洲的乡野上四处奔跑——而你的脑海里却只有印第安人骑在马背上的形象，这个形象本意是展示原住民高超的适应性，但它实际代表的却是静止不动的、死去的印第安人。你一直知道这个半人半马的形象反映了你自己的一部分，既真实又不真实，因为你父亲是美洲原住民，是夏延族的印第安人，而你母亲是白人。而且两个人都热爱跑步，这也是为什么你会开始考虑跑步这件事。但抛开那些古老的跑步故事、家族传统和半真半假的叙事，其实没有办法真正知道自长了腿以后，人类究竟跑出过什么名堂来。

比赛结束后，你回到山上。五年前，你搬到这里，因为你再也负担不起奥克兰的房租。你回到隔离之中。相比于群居在城市的风险，你还算安全。但比赛结束后，你的奔跑也结束了。世界戛然而止，你曾体会过的那种美好感觉也一样——觉得有这么一件事值得你为之付出努力、拼力奋斗。当身居高位的"白皮老妖"一边挥洒面包屑，一边津津有味地大嚼那盘名为"经济刺激计划"的荒唐菜品时，你病态地渴望一切停止，渴望看着它全部烧光、命断气绝。所有夸夸其谈的人仍在继续他们的演说，对现状不置一词，此时你能做的只有看着。"看着"是你所做的一切，是你觉得你能做的一切。尽管你什么都没做，但感觉上像是做了什么。看着、听着、阅读新闻，仿佛新闻中可能出现死亡以外的新事物，即便你曾以为死亡也许意味着"白皮老妖"会因此受罪，但他们并未受罪，受罪的仍是那些一直在受罪的人。他们受了罪，"代价"却是猪在收成中获得超过它们应得的份额，粮食像泔水一样泼向它们，因为它们并不需要那么多，那种贪婪远远大过真实需求，你甚至无法在概念上理解它。一切都以自由为名。学校里是这样教的，教科书里是这样写的，自由市场那自以为高人一等的神圣性、宪法和独立宣言，那些东西曾说印第安人是无情的野蛮人，如今也仍然这样说着。

新团队是你的家庭，你现在正与他们待在家中。他们是你的妻子、你的儿子、你的妻妹和她正值青春期的两个女儿。新团队是隔离本身，是你对隔离做的一切，和你为反抗它而做的一切。新团队不奔跑，而是一起计划每餐吃什么，互相分享外界的新闻，这新闻来自你与世隔绝的生活内部，从你的蓝牙重低音耳机内部听到或读到。新团队是新的未来，尚未确定的未来，那未来似乎取决于每个团体的看法，取决于他们是否相信那些死亡数字，取决于他们如何看待那些数字和自己的关系。你的新团队由为你扫码结账、给你送包裹的一线工作者组成。它由你的旧家庭组成，那个家庭早在很久以前就已破碎，于是连想要捡起碎片的念头似乎都是荒谬的，更不用提把它们拼合起来了。你们一起学习夏延语，从你父亲那里学。那是他的母语，你姐姐也学到了流利的水平，学习一门新语言似乎是每个人现在都该考虑的事情，因为你已失去了通向真理的线索。在过去的某个时候，你还相信某种接近希望的东西，是在奥巴马上任之前吗，或是在奥巴马的任期中，或是在那之后？那些都是重要的时间点，理解它们，才能理解你现在站在何处，理解你如何看待未来或国家的意义，理解你站在什么样的旗帜之下，理解白人正渐渐成为少数意味着什么——不谈什么希望，不谈什么繁荣，你能活下去吗？不，你不再奔跑，从你的身体上就能明显看出这一点，你也许每周洗一次澡，你忘记了要保护牙齿。你喝太多酒，你烟抽得比以往任何时候都凶。等到事情看起来有所好转时，你也会好起来的，等到你能从新闻里瞥见一丝希望时；你在看着，会有某种东西到来，一种能治愈疾病的方法，数字的下降，一种奇迹般的药品，抗体，某种东西，任何与现在不同的事物。

你的目光回到墙上，你盯着它看，什么也没法做，只是看着。这是由整个新世界、所有未感染的人共同完成的团队合作。看着、等待着，原地不动，那将是一场马拉松，隔离与孤立的马拉松，这是团队完成赛程的唯一方式，人类，这场该死的比赛。

石头[1]

---

[1] 原作以法语写成,由萨姆·泰勒翻译为英语。

莱拉·斯利玛尼

Leïla Slimani

生于 1981 年，法国和摩洛哥作家、记者，著有《温柔之歌》《食人魔花园》等作品。斯利玛尼出生于摩洛哥首都拉巴特，现居法国巴黎。

九月的一个傍晚，作家罗伯特·布鲁萨德正就自己的最新小说发表演讲，有人向他的脸上扔了一块石头。在石头离开袭击者的手，开始在空中飞行的那一刻，小说家正讲到一则轶闻的尾声，那段轶事他此前已讲过许多次，内容关于有人说托尔斯泰是一头"恶心的猪"。当晚的观众对此仅报以稀稀落落的礼貌的笑声，这令小说家十分失望。然后，他倾身去取旁边桌子上的一杯水，所以被石块击中的是他的左半张脸。正在采访他的记者惊叫起来，观众很快也开始喊叫。一片慌乱之中，所有人都跑出了房间。只剩布鲁萨德一人躺在台上不省人事，额头汩汩地涌出鲜血。

当布鲁萨德恢复意识时，他躺在医院的一张病床上，半张脸被绷带缠裹。他并没有感到疼痛。他觉得自己漂浮着，他希望那种轻盈的感觉能永远持续下去。他是一位非常成功的小说家，但他的文学声望与销售数字成反比。他不仅被媒体忽视，还被同行鄙夷。他们认为，他竟好意思称自己为作家，这实在太可笑了。然而，他的再版书清单上有一长串的畅销书，他还有一群非常忠诚的粉丝，主要由女读者构成。布鲁萨德从不论及宗教或政治。他对任何事情都没有鲜明的见解。他从不直面性别、种族之类的问题，永远与当下的争议话题保持距离。有人竟想要袭击他，实在令人意外。

一位警员来询问他。他想知道布鲁萨德是否有什么敌人。他欠别人钱吗？他睡了其他男人的妻子吗？他问了许多关于女人的问题。布鲁萨德是否有过许多外遇？和什么样的女人搞外遇？偷偷溜进观众席的会不会是某位心怀嫉妒或遭受拒绝的情人？对于所有这些问题，布鲁萨德均以摇头作答。虽然他口干舌燥，眼球也突然钻心地痛了起来，但他还是向警员描述了他的生活状态。他过着平静的生活，没有任何麻烦，没有任何纠纷。布鲁萨德从未结过婚，大部分时间都坐在自己的书桌前。有时，他与大学时代的朋友共进晚餐，那些朋友他已经认识三十年了，周日他会去母亲家里吃午餐。"没什么特别激动人心的部分,我恐怕是这样。"他总结道。侦探合上笔记本,离开了。

现在新闻里到处都是布鲁萨德。记者为了他的独家采访争得头破血流。布鲁萨德成了一名英雄。对于一些人而言,他是极右暴徒的受害者;对另一些人而言,他是伊斯兰极端主义者的目标。有些人相信,当晚一定有一位苦大仇深的非自愿独身者溜进讲堂,打算惩罚这位把自己的成功建立在虚假的爱情神话上的男人。著名文学评论家安东·莫拉维奇发表了一篇五页长的专文,评论布鲁萨德的作品,尽管他之前对那些作品不屑一顾。莫拉维奇声称,他从那些爱情轻小说的字里行间破译出了作者对消费社会的尖锐批评和对社会分化的犀利分析。他给布鲁萨德贴上了"秘密颠覆者"的标签。

出院后,布鲁萨德被请进爱丽舍宫。在那里,法国总统,一位日理万机的瘦脸男人,盛赞他是一位"战争英雄"。"法国欠你很多,"总统对作家说,"法国为你骄傲。"一名保镖被派来保护他的安全:此人造访了布鲁萨德的公寓,决定用纸糊住窗户,并且把用来与门外访客对讲的电话换个位置。保镖身材魁梧,头剃得闪闪发亮,他告诉小说家,自己曾花两个月的时间保护一个编写新纳粹主义小册子的人，那人把他当仆人使唤，派他去干洗店拿送洗的衣服。

接下来的几周里，布鲁萨德受邀参加了几十场电视节目，化妆师会确保妆面能突显他额头上的伤疤。被问及他是否把自己受到的攻击视作对言论自由的攻击时，他的回答软弱而含糊，人们却认为这恰恰证明了他谦逊的品质。在他的整个人生中，罗伯特·布鲁萨德第一次感到自己被周围的每个人爱着——甚至比那还要好，他感到自己被周围的每个人尊重着。当他带着青紫的眼眶走进一个房间时，他的脸如同受伤战士的脸，他的身后会忽然变作敬畏的肃静。此时他的编辑会把手搁在他的肩膀上，像一位养马人炫耀自己获奖的纯种马。

几个月后，案子结了。犯人没有找到，因为布鲁萨德演讲的书店里没装摄像头，目击者的证词又互相矛盾。在社交媒体上，人们兴奋地猜测着那位不知名犯人的身份。一位靠泄露政客性爱视频成名的无政府主义记者向袭击者表示敬意：他代表了隐形的、被遗忘的大众。匿名的石块投掷者是革命的先驱，通过大胆袭击布鲁萨德，他打响了反抗商人轻松赚钱、特权阶级躺赢、资本主义媒体和中年白人男性暴政的第一枪。

小说家身上的星光黯淡下来。再也没有人请他上电视了。编辑建议他保持低调，并且决定推迟他新作的出版时间。布鲁萨德不再敢上谷歌搜索自己的名字。他读到的那些关于他的话语充满了仇恨，使他呼吸困难。他觉得自己的内脏扭作一团，汗水一滴一滴地从额头上淌下来。他回到他平静而孤独的生活中。一个周日，与母亲共进午餐后，他决定步行回家。在路上，他思考着他想写的书，一本能解决一切问题的书。一本能把这个时代的混乱诉诸文字的书，一本能向全世界展示真正的罗伯特·布鲁萨德的书。他想着这一切的时候，第一块石头击中了他。他没有看到石块来自何处，也没有看到紧随其后的其他石块。他甚至没来得及用手捂住脸。他就这样倒在街道中央，倒在一场石块雨中。

IMPATIENT GRISELDA BY MARGARET ATWOOD

没耐心·格里塞尔达

玛格丽特·阿特伍德
Margaret Atwood

生于1939年,加拿大小说家、散文家、诗人。因创作《使女的故事》而被国人熟知。她曾四次提名英国布克奖,2000年以小说《盲刺客》摘得这一桂冠。她的最新作品包括《证言》《树林里的老婴儿》。

你们都有安抚毯了吗？我们努力提供各种尺寸的安抚毯。很抱歉，其中有些只是毛巾——毯子发完了。

食物都有了吗？很遗憾我们无法安排把它们"煮熟"（按你们的说法），其实不像你们那样煮熟，食物营养会更全面。只要把食物整个塞进你们的食物摄取装置——你们管那个叫"嘴"——血就不会流到地上了。我们在我们的星球上就是这样做的。

很遗憾我们没有你们称为"素食"的食品。我们看不懂这个词。

如果不想吃的话，你们也可以不吃。

后面的那几位，请不要再窃窃私语了。也不要再哭了，把手指从嘴里拿出来，先生-女士。你得给孩子做个好榜样。

不，你已经不是孩子了，先生-女士。你已经四十二岁了。如果你是我们中的一员，那这个年龄还是孩子，但你并非来自我们的星球，甚至不是来自我们的星系。谢谢，先生-女士。

我把两种称呼连在一起用，说老实话，是因为我看不出先生和女士有何区别。在我们的星球上，不存在这种狭隘的区分。

是的，我知道我看起来像一只你们所说的"八爪鱼"，细小幼弱的实体。我看过那种友善生物的图片。要是我这副模样实在令你不安，你可以闭上眼睛。不管怎么说，这样有助于你更好地集中注意力听我要讲的故事。

不，你们不可以离开隔离室。外面有瘟疫，对你们来说太危险了，虽然对我并不危险。我们的星球上没有那种微生物。

很抱歉，这里没有你们所说的"厕所"。我们能把摄入的所有养分都变成燃料，所以我们不需要那种设施。我们为你们订购了一个你们称为"厕所"的东西，但是供应商告诉我们现在厕所短缺。你们可以朝着窗外试试。这里很高，所以请勿试图跳出窗外。

我也不觉得这很有趣，先生-女士。我是作为"星系援助计划"的成员被派来这里的。我不能拒绝，因为我只是个"娱乐者"，社会地位很低。发给我的这个同声传译装置的质量也不是特别好，正如我们已经共同见证过的那样，你们听不懂我的笑话。但是，也如你们所说，半块长方形面粉制品总比没有长方形面粉制品要好[1]。

好，现在我要讲故事了。

有人叫我给你们讲个故事，所以现在我要给你们讲个故事。这是一个古老的地球故事，至少据我理解如此。故事的名字叫作"没耐心·格里塞尔达"。

从前有一对双胞胎姐妹。她们社会地位很低。她们的名字分别是"有耐心·格里塞尔达"和"没耐心·格里塞尔达"。她们的外表令人愉快。她们是"女士"，而不是"先生"。她们分别被叫作"有耐心"和"没耐心"。按你们的说法，格里塞尔达是她们的"姓氏"。

抱歉，那位先生-女士？你是先生，你说？什么事？

---

[1] 英语中有句俗语"半块面包总比没有面包好"，此处模拟质量不好的同声传译机翻译出来的语言。

不，并不是只有一个人。有两个人。讲故事的人是谁？是我。我说是两个就是两个。

一天，一个社会地位很高的富人——他是一个"先生"，并且是一种叫作"公爵"的东西——骑着一个——骑着一个，一个——如果你腿的数目够多，就不必骑着这个什么，但是这个先生只有两条腿，就像你们一样。他看见"有耐心"正在用水浇——正在她居住的茅屋外面做一件事情，于是他说："跟我走，有耐心。人们说我必须结婚，才能合法交配，然后产生一个小公爵。"他不能只是排出一个伪足就产生小公爵，你们懂的。

一个伪足，女士，或者先生。你肯定知道伪足是什么意思吧！你是个成年人了！

这个我以后再解释好了。

公爵说："有耐心，我知道你身份低。但是正因如此，我才想和你结婚，而不是和某个身份高的人。身份高的女士会有想法，而你没有任何想法。我可以随便指挥你，想怎么羞辱你就怎么羞辱你。你觉得自己很低贱，所以你不会说'呸'，或者说'我呸'。或者别的什么。如果你拒绝我，我就砍掉你的头。"

这令她惊恐，所以有耐心·格里塞尔达同意了，然后公爵就把她拎起来放到他的……对不起，我们的语言里没有那个词，所以这个翻译机也帮不上忙。放到他的食物上，你们为什么都在笑？你们觉得食物在变成食物以前都在干吗？

我会继续讲这个故事，但是我劝你们不要过分烦我。有时我会饿气的。我的意思是说饥饿会让我生气，或者生气会让我饥饿。两者之一。我们的语言里有一个词形容这种情况。

然后，公爵紧紧抓住有耐心·格里塞尔达迷人的腹部，这样她就不会掉下他的——这样她就不会掉下去了，他们就这样一路骑到了他的宫殿。

没耐心·格里塞尔达一直在门后面偷听。那个公爵是个非常可怕的人，她对自己说。他正准备对我亲爱的双胞胎姐妹有耐心做非常坏的事情。我会假扮成一个年轻的先生，在公爵家巨大的食物准备室里找一份工作，这样我就能监视情况进展。

于是没耐心·格里塞尔达就在公爵家的食物准备室里当上了你们称为"帮厨"的东西。她，或者说他，在那里看到了各式各样的浪费——皮毛和脚竟被直接丢掉，你们能想象吗？还有骨头，煮过以后也被扔掉——但她或他同时也听到了林林总总的小道消息，很大一部分是关于公爵对他的新公爵夫人如何不好的。他在公共场合对她很无礼，他让她穿不适合她的衣服，他打她，他还说他对她做的所有坏事都是她的错。但是有耐心从没说过一个"呸"字。

没耐心·格里塞尔达听到这些消息既难过又生气。于是有一天，她或他就趁有耐心在花园里垂头丧气的时候与她见面，并表明了自己的真实身份。两人表演了一些充满感情的肢体动作，然后没耐心说："你怎么能让他那样对待你呢？"

"一个半满的用于饮用液体的容器比一个半空的用于饮用液体的容器好[1]。"有耐心说，"我有两个美丽的伪足。不管怎么说，他在测试我的耐心。"

"换句话说，他在试探自己能做到什么地步。"没耐心说。

有耐心叹了口气："我能怎么办呢？只要我给他一个杀我的借口，他就会毫不犹豫地杀了我。如果我说

---

[1] 意思是"把装了半杯水的杯子看作半满比看作半空好"，也就是说要知足。

'呸',他就会砍掉我的头。他有刀。"

"我倒要看看他能怎样。"没耐心说,"食物准备室里有很多刀,我已经练习过好多次,知道如何使用了。问问公爵能不能赏光跟你在这个花园里一起散步,就在今晚。"

"我不敢,"有耐心说,"他可能会认为这样的请求相当于我对他说'呸'。"

"你不敢的话,我们就交换衣服吧。"没耐心说,"我自己一个人动手。"于是没耐心穿上了公爵夫人的长袍,有耐心穿上了帮厨的制服,两人各自去了宫殿里他们该去的地方。

吃晚饭时,公爵对假扮的有耐心宣布,他把她的两个美丽的伪足杀掉了。对此她什么也没说。她知道不管怎么说,他都只是在虚张声势,因为她从另一个帮厨那里听说,两个伪足已经被悄悄送到一个安全的地方去了。在食物准备室里工作的人总是知道一切。

然后公爵又说,明天他要让有耐心赤身裸体,再把她踢出宫殿——在我们的星球上没有赤身裸体这回事,但是我理解在这里不穿法衣在公共场合被人看见,是一件令人感到耻辱的事情。在每个人都嘲笑过有耐心、并且浪费地用腐烂食品的部件投掷她之后，公爵说他打算和别人结婚了，那人比有耐心更年轻、更漂亮。

"如你所愿，大人。"假扮的有耐心说，"但是在此之前，我为你准备了一个惊喜。"

公爵光是听到她开口说话就已经感到惊奇了。

"真的吗？"他说，同时卷了卷他面部的触角。

"是的，令人钦佩的、永远正确的先生。"没耐心用一种预示着她将排出伪足的声调说，"我要给您一份特殊的礼物，以回报您在我们，啊，在我们过于短暂的同居期间对我的眷顾。请您今晚赏光与我在花园里会面，这样我们就可以进行最后一次安慰性的性交，在我永远失去您的光辉之前。"

公爵觉得这项提议既大胆又刺激。

刺激。这是你们语言里的一个词。意思是把一个签子戳进某种东西。很抱歉我无法进一步解释。这毕竟是一个地球上的词语，不出自我们的语言。你们得向别人打听它的意思。

"那真是大胆又刺激，"公爵说，"我一直以为你是一块抹布、一张地垫，但现在看来，似乎在你那张豆渣一样的面孔之下，你其实是一个荡妇、一个淫娃、一个婊子、一个贱人、一个娼妇、一个放荡货、一个妓女。"

是的，女士-先生，在你们的语言里像这样的词汇确实不少。

"我同意，大人。"没耐心说，"我永远不会反驳您。"

"太阳下山后，我会在花园里见你。"公爵说。那将比平常更有趣，他想。也许他所谓的妻子这次会有点儿动作，而不只是像块木板一样躺在那儿。

没耐心离开餐厅去找那个帮厨，也就是有耐心。她们一起选了一把又长又锋利的刀。没耐心把刀藏在她饰着锦缎的袖子里，有耐心躲在一丛灌木后面。

当公爵从阴影中走出来时，没耐心说："能在月光下与您见面真好，大人。"公爵已经在迫不及待地解开衣服上某一部分的扣子，一如往常，他的快乐器官隐藏在这部分衣服后面。这部分故事我不是非常理解，因为在我们的星球上，快乐器官在耳朵后面，而且总是明晃晃地摆着，不隐藏起来。这会让事情简单许多，因为我们能亲眼看见是否产生吸引，以及是否得到回应。

"把你的长袍脱了，不然我就把它扯下来，婊子。"公爵说。

"乐于从命，大人。"没耐心说。她一边面带微笑地朝他走去，一边从她装饰华丽的袖子里抽出刀来，割开了他的喉咙，就像她在做帮厨工作的时候割开许多食物的喉咙一样。他几乎连哼都没哼一声。然后姐妹两人表演了一些饱含爱意的肢体动作，接着她们就把公爵吃了个精光——骨头、锦缎做的袍子，还有其他东西，统统吃光。

什么？"什么鬼"是什么意思。抱歉，我不理解。

是的，女士-先生，我承认这是一个跨文化的时刻。我刚刚只是描述如果我是她们，我会怎么做。但是，讲故事确实能帮助我们跨过社会、历史和进化的鸿沟，促进彼此了解，你们不这么觉得吗？

在那之后，这对双胞胎姐妹找到了两个美丽的伪足。然后发生了一场快乐的团聚，后来他们都幸福地生活在宫殿里。公爵的几个可疑的亲戚跑来探头探脑，但是姐妹两人把他们也吃掉了。

故事讲完了。

大声点儿，先生-女士。你不喜欢这个结尾？这个结尾太不寻常？那你喜欢什么样的结尾？

哦，不，我相信你说的那个结尾是另一个故事的结尾。不是我会感兴趣的故事结尾。那个故事我会讲得很差。但是这个故事我讲得挺好，我相信如此——好到吸引了你们的注意力，你必须承认这一点。

你们甚至不哭了呢。那也很好，因为哭泣的声音非常烦人，更别说还有点儿诱人。在我的星球上，只有食物才会哭泣。不是食物的东西都不哭泣。

好了，现在请原谅我必须走了。我的清单上还有另外几个隔离组，帮助他们打发时间是我的工作，就像我帮助你们打发时间一样。是的，女士-先生，不管怎样，时间都会过去的，但是没有故事听的话，时间就不会过得这么快。

现在我就从门缝底下渗出去好了。没有骨架真的很方便。是的，先生-女士，我也希望瘟疫很快就能结束。那样我就能回归正常生活了。

KEEPSAKES BY ANDREW O'HAGAN

纪念品

安德鲁·奥黑根

Andrew O'Hagan

生于1968年,苏格兰作家,著有小说《蜉蝣》《我们的父辈》等。作品三次获布克奖提名。

大高个儿布罗根在盐市场当鱼贩子。人们说,在格拉斯哥,论剥鱼皮没人能快过他,但说笑话他就赛不过其他人了。有个疯疯癫癫的女人每天早晨都到摊位上来,说她要腌鲑鱼。"我是帕尼街的芝萨,"那一天她如此说,"我名字的意思是'歌'。"

"你可来对地方了。"老板埃莱纳说,"我们这儿的大高个儿是个可爱的歌手,对不对,亲爱的?"他用一种防油纸包好腌鲑鱼。老板的牙齿上沾了口红。"芝萨,"她接着说,"今天为什么不换个口味?做炖鱼的材料我们这儿全都有。"

"意大利炖海鲜。"大高个儿说。

"红鲷鱼。一点儿龙利鱼。蛤蜊。"

"高级的鱼我不会做。"芝萨说。

埃莱纳告诉她，她这样说可就错了。"你是个好厨子，而且你要是再吃腌鲑鱼，自己就该变成一条腌鱼了。"

芝萨打开钱包，掏出她通常会付的数目。

"她以前开过整条阿盖尔街上最好的印度餐馆，"那女人拿着包走开后，埃莱纳说，"我真替她难过。"

太多陈年旧事，大高个儿想。他不讨厌在"鱼鲽"工作，但这不是他的本行。他当过木匠。他喜欢埃莱纳，仅此而已，而且在建筑工地上的日子太难熬了。他最上心的是欧洲的城市。他把所有余钱都存起来，就为了飞去那些地方，人越少的地方越好。工作的时候，他几乎不开口。他了解青口贝和海螺，知道一条海鲂要煮多久，他站在冰盒对面的样子挺好看。埃莱纳管他叫"天使的双目"。市场上除了鱼还卖家禽，他能把菜鸽卖得跟章鱼一样走俏，所以埃莱纳对他很满意。他说的有些话，叫跟他一起工作的人不理解。封锁开始前一天，他把额前的金发梳得高高翘起，还写了一则征男友的广告。广告让埃莱纳十分激动，但他对她说这没什么大不了的，只是征友简介而已。"你长得不错，大高个儿，"休息的时候她对他说，"个子又高。你应该留在学校里。这样你就不必租房子住,付贵得离谱的租金了。"

"所有的房子、所有的前途,都被你们拿走了。"埃莱纳当时正站在一块广告牌下面,牌子上写着:"想要更新鲜的鱼吗?买艘船吧。"

"你说什么?"

"你们这些老年人。"大高个儿说,"现在我们被困在这里动不了了。"

"那我还真要对你卖卖老了。"她说完这话,又补了一句关于他妈妈的话,"她受过那么好的教育,怎么就把你宠坏了?"

"哦,对啊,"他说,"我就是彻底被宠坏了。十几年里我们经历了两次'一代人一遇'的危机。被宠得可真狠。"

第二天早晨,宠物店关门了。那个店主反正也从没卖出过什么东西。那些动物都只是他自己的宠物。但他说他看了《晚间新闻》,所有人都要隔离,所以他就违规把他的金丝雀带到格拉斯哥绿地公园里放生了。"哦,我的上帝,"大高个儿说,"你不会还想把金鱼倒进克莱德河吧?"宠物商城隔壁的帝国酒吧坚持到中午,然后也关了门。到了周末，街上已经空无一人，Grindr[1]上也无事发生。大高个儿租的公寓窗外就是绿地公园，法院外面一个人都没有，这景象让他觉得奇怪。波玛迪工业区的烟囱也不冒烟了。

他不喜欢打电话给母亲。她总是在谈过去，或是一个劲儿地说钱的问题。"我看你拧巴上瘾了，"那天下午她这么对他说，"什么都是别人的错。"

"你说什么？"

"你这样一定很舒服吧。"

"我的生活都是你的决定造成的。"

"哦，消消气吧。你都二十七岁了。"

"我并不想当木匠。我也没想过会留在市场工作。"

"你就是那种每个派对都会迟到的人[2]，"她说，"你干吗不自己开个派对？干吗不请你喜欢的人参加，多少有点儿担当？"

"因为香槟都被你喝光了啊。"他说。

他一连十天没给她打电话，再打的时候，接电话的

---

1 一个性向多样友好的交友 App。
2 英文谚语，形容后知后觉，总是比别人迟一步醒悟或行动。

是个护士。她说他母亲无法接电话，她说情况很糟。那天晚些时候，他们用救护车把她送进皇家医院。之后，事情很快就结束了。他无能为力，毕竟无论做什么都太迟了。一位医生打了个电话给他在伦敦的哥哥，然后哥哥又打电话给大高个儿，但他没有接。丹尼尔对他而言什么都不是，已经这样很多年了——丹离开了。丹已远离这一切。

2015年父亲去世的时候，他们吵了一架。大高个儿指控哥哥从父母的公寓里偷走了一只公文包。"这是我听过的最神经病的指控。"丹当时给他发了这么一条短信，大高个儿没回，就当没收到。丹对母亲大吼大叫，接着又把大高个儿拉黑。这让大高个儿觉得自己赢了。很明显，是丹偷的，他还情绪失控了，不仅因为他偷了东西，还因为其他所有事情。丹一向表现得似乎是家庭拖累了他。有一次大高个儿去见他，两人差点儿在诺丁山门地铁站正中央大打出手。在私人俱乐部喝过酒后，丹开始在大街上大喊大叫，他骂大高个儿"恶毒、自以为是、总是生气不理人"。管他说什么。大高个儿朝他身边的地上吐了口唾沫。

"你的生活是个笑话，丹。所有这些钱。你叫我恶心。"后来母亲告诉大高个儿,她听说了兄弟间的这场争吵。他知道,她和哥哥都认为:有问题的是大高个儿。她和哥哥"在同一页上",或者说"读的是同一类书"。他们爱用同一些词,比如"认知失调"。他们觉得人有"心理问题"。公文包事件后,母亲寄给他一本书,叫作《如何解放自己》。大高个儿一直不清楚她是否把他说的盗窃当真了。她从不提这茬,一次也没提。他感到自己被以一种全新的方式孤立了。他离开他的公寓时泪流满面,重重地摔上了门。他把工具箱搬下楼,觉得自己在做负重训练。

到她家要花一小时。在盐市场里,所有的百叶窗都放下来了。病毒像一场头脑中的革命,一个崭新的论点。一个男人瘫坐在老船岸酒吧外面,头垂在双膝之间。大高个儿经过律师办公室,抬头看向175号。他父亲一直对他们爱尔兰祖先的传说特别着迷,包括若干年轻的足球运动员,他们是头一批为格拉斯哥凯尔特人队效力的选手,还有在圣以诺卖花的茉莉·布罗根、几个拳击手、几个私酒贩子,以及第一位亚历山大·布罗根——一位毒死妻子的兼职药剂师。他们都在这里住过,"五位亚历山大"。第一位于1848年从德里来,前脚下船，后脚就进了教区济贫院。大高个儿后退几步，站在路中央。乌鸦山墙[1]顶上刻着"1887"，他意识到这栋楼一定是取代旧楼的新建筑。是布罗根一族，在那楼上，带着他们罗马天主教徒的餐具，和他们对如何生存下去的强烈观念。

他过了河，走上维多利亚路。他注意到邮局还开着门。他看看手表。搬运工人说他们会快速搬完，保持社交距离，两点之前离开公寓。可是抬家具三件套的时候怎么保持距离？他换了手，工具箱很重。他走到公园，突然觉得应该找条长凳坐下。他拿出手机，在屏幕上滑了一会儿。"不，不，不行，"他说，"这么一张脸不行。"他上了Instagram，发了一张自拍，身后是树。几分钟之内，埃莱纳点了赞，还发了一条评论，两个大拇指和一个爱心。

他拉黑了她，然后点了一根烟，然后删除了账号。一个警察从面包车上下来，走向一群坐在草地上的女学生。"你们有什么打算？"他听见警官说。

"就在这儿坐着。"其中一个女学生说。

---

1 指人字形的阶梯式山墙。

"恐怕该起身往前走走了。"

"说的对！草地不是你们的！"大高个儿大声叫道。他站起身来，警官看着他，女孩们咯咯地笑起来。

"你没事吧，先生？"警官问。

他提着沉重的工具箱走开了。那是他父亲留给他的唯一一件东西，这个工具箱和里面的东西。

她屋前的花园里有蕨类植物。钥匙在一块砖下面。他打开防风门，看到门厅空荡荡的，有的只是角落里的一部拔了线的电话、散落在这里那里的个人物品，以及放进盒子里的镶了框的证书。这是一间小小的公寓，户型完美，卧室和两间浴室里都配有镶瓷砖的壁炉。地毯上有一块暗淡处，是从前摆着床的地方；沙发不在了，餐桌，电视，还有她的所有茶几、小地毯和落地灯也都不在了。他没留任何东西。他叫那些人把东西都拿走，随便怎么处置。在厨房的角落里，他找到一只木凳，他记得童年时母亲曾在上面刷过蓝色的亮漆。他打开工具箱，拿出一把钢锯，停下来换了锯条。他锯开木凳，然后找来些报纸。他在客厅里点了一把火。有一刻，他同时让三堆火烧着——每个房间里都有一堆。他开始清空袋子。他让一堆火慢慢熄灭，同时让另一堆烧旺起来，他用铲子把热灰舀进在后院找到的一个桶里。夜深后，他在她生前的酒类推车上找到几个瓶子。他把保乐茴香酒一口饮干，把其他几个瓶子拿出去。在门厅的一只袋子里，他找到一串长长垂落的玫瑰念珠[1]。上帝知道他提了多少桶灰出去，后院里有个慢慢冷却的灰堆。当他把一卷电视缆线丢进客厅的火里时，一定已经午夜了，还有一本旧电话簿，然后他打开最后一只黑色垃圾袋，找到了那个——那个公文包。

他盘腿坐着，将公文包打开，火焰在他身边跳动，房间四周跃着忽高忽低的阴影。"谁，是我吗？"一张传单上这样写着，公文包里有许多张传单，来自匿名戒酒互助组织，这是最上面的一张。他大口灌着茴香酒，把每一张都看了。他发现一叠从奥班寄来的明信片——那是老头独自度假的地方，每一张上都谈着天气，最后落款是"爱你"。大高个儿担心自己也会像他那样，但他喜欢那些明信片让火焰变绿的方式。在带拉链的隔层里，他找到一些多年前的信件和出生证明，还有一张学校里的合影，照片背后有不同的笔迹："亚历山大和丹

---

[1] 天主教徒诵《玫瑰经》时用的一种念珠。

尼尔，于圣尼尼安斯，1989年。"他看着哥哥的脸，非常确定自己再也不会见到他。

他拿出一把史丹利刀，把软皮割成一条一条的。皮革燃烧的气味赋予母亲的前厅一种全新的感觉。终于，不剩什么了，所有木框都劈劈啪啪地消失了。他用钳子把螺丝钉从墙上拧下来，丢到桶里。最后，在半夜里，他拿出一把刮刀，把墙上的墙纸一层层刮走。露出灰泥前的最后一层墙纸是粉红色的，上面有白色的花朵，他把一团团白花扔进火里。他决定一直等到后院里的所有灰烬彻底冷却，然后他要把一堆灰放进空了的工具箱里，在清早拿去邮局，寄往丹尼尔在伦敦的地址。他至少可以办到这个。现在是凌晨四点左右，他能听见鸟在街上大声叫着。

他拿出父亲最喜欢的凿子。金属部分有个褪了色的印："J. 泰扎克父子[1]，于谢菲尔德，1879年。"他把凿子放进火里，然后走向客厅的窗户。钢烧不掉，会被留下，但这不要紧。他觉得自己已经尽力了。外面有音乐。人们公寓里的灯在这个时间显得很亮，他想知道是

---

1 一家有名的五金企业。

不是所有人都已经起床。在这里和那里,遗体离开房子或护理院,没有葬礼,什么也没有。"我想知道她知道吗。"他说。然后他把手放在冰冷的玻璃上,想起了春天的马尔默[1]。

---

[1] 瑞典第三大城市。

THE GIRL WITH THE BIG RED SUITCASE BY RACHEL KUSHNER

提红色大行李箱的女孩

蕾切尔·库什纳

Rachel Kushner

生于1968年,美国作家。著有小说《来自古巴的电传》《喷火器》《火星俱乐部》以及散文集《艰难的人群》等。

在爱伦·坡写的那个老故事[1]中,他们把平民关在外面,却把"瘟疫"这位假面舞会上不请自来的宾客锁进城堡里。他们的错误只是给读者的一个教训,因为在故事里,所有出身高贵的傻瓜都死了。我读过那个故事,吸取了教训。然而,此刻我却和一小群人一起,身处一座四面是墙的城堡之中,如果硬逼我说实话,我会说他们都是放荡无德的势利小人。

这是个意外。冷藏卡车正开着引擎,在路那头的市

---

1 指爱伦·坡的小说《红死病的假面具》。故事中,国内流行一种名为"红死病"的传染病,亲王为了躲避瘟疫,带着其他贵族躲进城堡里闭门"隔离"。后来,亲王在城堡中举办了一场假面舞会,舞会上出现了一个化妆成红死病死者的客人。亲王想拿剑攻击客人,却在客人转身面对他时轰然倒地身亡。其他贵族扯下客人的长袍和面罩,发现里面空无一物。接着城堡里的所有人都感染红死病而死。

政停尸房门口空等，早在这之前很久，我就到了这里。我抵达这个国家时，生活还相当正常。病毒尚未接近。我一边为武汉的居民"感到难过"，一边继续我自己的计划：靠作家身份，换来些轻浮无聊的工作，比如受邀拜访一座城堡，和其他人一起在里面住上一周，这群人唯一的共同点就是假装这种无所事事的古怪差事实属正常。我带来了年轻的亚历克谢，富孀们曾争相邀请他共进早午餐，由此还引发了一场摔跤比赛。他有一种异见的、孤儿般的美。甚至更黑暗。事实上，他长得很像焦哈尔·察尔纳耶夫[1]，但我可以保证，他没炸过任何东西，除了因不合礼仪的迟到而炸过几个社交聚会以外。

我们在等它过去，等这场全世界无人能躲开的混乱过去。一开始，为了转移注意力、缓解我们的苦恼，我和亚历克谢把堡友当作取乐的对象。我们嘲笑给查理大帝写传记的那位，笑他晚餐时穿的睡衣似的"舍监"长袍，笑他痴迷于威灵顿公爵、决斗和所有被亚历克谢总结为"后拿破仑时代的迟钝无力"的礼仪。我们嘲笑那个记者，他深信任何立场稍微偏左的人都在领普京发放

---

[1] 波士顿马拉松爆炸案的凶手，是一名长相英俊的恐怖分子。

的工资，那份神秘的工资名录如此隐蔽，我们几乎开始怀疑自己的名字可能也列在上面。我们还嘲笑那位挪威作家，据说他是斯堪的纳维亚半岛最重要的作家。然而，这位极端重要、极端著名的大人物不同于他斯堪的纳维亚半岛的同胞，他连一个英文单词都不会说。他和我们聚在一起，但仅负责提供一种仿佛身在别处的茫然气氛。对于回荡在他周围的盎格鲁玩笑，他似乎全然不以为意。但我们从不嘲笑他的妻子。她是丈夫的翻译，就算没有语言障碍，有些妻子也得给丈夫当翻译。这个漂亮的女人操着一口不知哪里的欧洲口音，从不发表自己的看法，而是坐在露台上一边抽烟，一边静静地看我们用自己的意见污染周围的空气。

我们渐渐接受了受困于此的现实，他们变成了亲戚一般的存在——一群你无法选择却必须爱上的人。查理大帝传记的作者喜欢用拉丁文把亚历克谢称为"年轻人"，这个习惯在我们中流行起来。我在写一本关于早期人类的小说，传记作者每晚都要考我，问我对我的"原始人"有何最新看法，仿佛"原始人"是我养在自己房间里的一只动物。现在我开始佩服那位挪威人，佩服他能拒绝英语和盎格鲁文化的强势支配，就像僧侣拒绝性交、卢德主义者[1]拒绝织布机。我们接受了记者每次晚餐必行的普京召唤仪式，就像犹太教徒接受留给以利亚的空椅子[2]。查理大帝传记作者提议每人讲一个故事，不准提正肆虐这一地区的疾病、悲伤和死亡，必须是快乐的故事。大家都同意了。今晚轮到挪威人。

|||||||||

"我故事的主角是一个叫约翰的男人。"挪威人用他的语言说，接着他太太用英语重复了一遍。

此时晚餐已经结束。晚餐的地点是一个放有一张巨大餐桌的小房间，低矮的天花板被烟囱的烟熏得油亮发黑。挪威人把故事拆成一小段一小段的，方便妻子翻译。她转述他的话时，他便一脸深思地凝视远方，头上那撮三角形的蓬松灰发分向两边，仿佛两种背道而驰的哲学理论。

"我在奥斯陆通过一些大学里的朋友认识了约翰。

---

1 19世纪英国的一批反对工业革命、反对纺织工业化的人士。卢德运动的导火索是一个名叫卢德的织工砸掉了两台织布机。
2 过逾越节时在餐桌边留一张空椅子给先知以利亚是犹太教的传统习俗。

1993年夏天，他打算搬去布拉格。当时的布拉格非常吸引某一类型的人——像约翰这种受过大学教育的无业游民，明明没有任何实际计划，却总在大谈创办'杂志'或开办'新的文学空间'，实际上他们大部分时间只是四处闲坐，觉得生活毫无意义。这类人往往是相貌平平、喜怒无常的小伙子，约翰就是其中的典型。我对这类人很有研究，因为我也曾是他们中的一员——他们都是缺乏目标的抑郁症患者，在寻找目标的过程中，常常睡得很晚，大量阅读影评和法国理论，整天为一些灼痛他们视野却可望而不可即的女人唉声叹气。因为得不到那些女人，这帮拥有大量空闲时间的失业男子认为自己受了极大的迫害，他们报复的方式就是去祸害另一群女人，一群姿色稍逊但急于投怀送抱的女人。"

翻译完这段之后，妻子和丈夫用挪威语叽叽咕咕地说了一阵，似乎在讨论这个故事和他接下来要讲的内容。我们从他们对话的样子看出，他确实属于他描述的那类人，长相粗笨，脾气又坏，而他的妻子却十分迷人，美丽中透着聪慧，仿佛看穿某种我们看不穿的东西。

"这些男人只爱那些将他们无情忽视的女人。他们不知如何消磨自己的人生。他们懒惰空虚，却认为那不是自己的错，而是奥斯陆的错。他们把对西方开放的布拉格视作解药，觉得它有望治好他们的性格缺陷和失意的人生，因为那里有刺激的'天鹅绒革命'，有低廉的房租，还有更美、更殷勤的女人构成的波希米亚风景。约翰有个朋友在布拉格的电影学院里教书，他邀请约翰去那里住。大家给约翰办了个欢送会，我也参加了，然后约翰就奔向了他的新生活。我们都有点儿嫉妒他。要是他失败了，我们一定会幸灾乐祸。要是他成功了，也许我们也会搬去布拉格。

"那是一个寒冷的星期天早晨，下着雨，约翰在那座城市的机场落地。一切都很正常，外国人排队入境，约翰也在其中，为展开人生新篇章而兴奋不已。队伍随着边检人员敲章的节奏缓缓地向前蠕动。轮到他出示护照时，麻烦开始了。

"移民官员要求约翰解释他的护照为什么这么皱，照片为什么被水泡过。

"'这依然是一份官方证件，'约翰对官员解释道，他表情呆滞、态度坚毅，活像一台军用坦克，'只不过旧了点儿，因为我不久前泼了点东西上去。'

"在另一个海关亭里,印章咔嚓咔嚓地敲着,人们顺滑地鱼贯而过,没有审问,没有争论。可在约翰这边,他却和边检人员陷入了死循环。

"最后,他被带进一间小屋,门是钢筋加固过的,还上了锁(他试了,打不开)。他被关在里面好几个小时。盯着那扇空白的钢筋门,他终于开始明白,天鹅绒窗帘背后果然藏着铁拳——总之那句类似的俗语说得没错[1]。

"临近傍晚,另一个人(和第一个人同样粗鲁冷漠)走进小屋,问了他一长串问题。约翰一一作答,并'尽量不表现得像个刺头'——他事后是这么描述的。那人走了,他又被单独留在小屋里。到了晚上,同一个人又走进来,说他们不能允许约翰入境,除非挪威大使馆派代表干预,并给约翰颁发一份新护照。他们允许约翰给使馆打一个电话。只准打一次,他们说,仿佛在宣判他的某种罪行。但那天是星期天,使馆不开门。

"约翰又被带回长长的边检大厅。工作人员通知他

---

[1] 这句俗语是"戴天鹅绒手套的铁拳",形容人表面温和可爱,实际上严厉强势。

必须在那里待到第二天。如果挪威使馆同意相助，他就能入境。不然，他们会强迫他登机返回祖国。

"已经很晚了，大厅里空无一人，海关亭都关了灯、上了锁。其他旅客都去了约翰看不见的地方，这令独自困在这荒凉夹缝中的约翰好生羡慕。他在一把椅子上坐下。他很渴，却没有水。也没有烟。他很冷，但没有外套。他试图在椅子上'躺下'，脖子枕在椅背坚硬的边缘上。他正琢磨着这样能不能睡着，突然听见一声巨响。

"大厅另一头有个年轻女人，刚把一只巨大的红色行李箱丢在地上。约翰看着她打开箱子一通翻找。她找出一盒烟，点了一根，然后跪在地上，嘴里叼着点燃的香烟，开始整理行李箱里的东西，那忙碌的姿态就像一个无忧无虑的人正在消磨时间。她不时站起身来，踱着步四处走动。

"为什么她这么有活力？约翰的活力却都消耗在被拘留的愤怒上。

"她对他挥了挥手。他也挥手回应。她朝他这边走来，递给他一根烟。

"他从近处看她，知道她远非自己能追得上的女人：换句话说，她正是他的理想型，一个穿着紧身牛仔裤和高帮帆布鞋的自信女孩。后来,他一直紧盯那几个细节不放。牛仔裤。高帮鞋。

"'他们为什么不准你走?'她用不自然的英语问。

"'他们不喜欢我的护照,'他说,'你呢?'

"她笑了,说:'我想你可以说他们也不喜欢我的护照。'

"他问她从哪里来。她的回答,还有她说那个词的方式,后来也成了他紧抓不放的一个细节。'南—联邦。'

"约翰明白,不是他们喜不喜欢她的护照的问题,她可能根本没有护照,因为根本没有南联邦这个国家。以前有过,现在不再有了[1]。

"她说她想去阿布扎比。约翰点点头,记不起那是在阿联酋、卡塔尔,还是别的什么地方。他眼前浮现出石油酋长,酋长正和像她这样的姑娘在一起。他想问她些问题,可除了'你是谁'外一个也想不出,而'你是谁'是一个从来没有人问、也没有人能回答的问题。

"她回到大厅的另一端。他抽着她给的烟,吸入口

---

[1] 南联邦即南斯拉夫社会主义联邦共和国,前文提到这个故事发生在1993年,1992年南联邦解体,剩下的几个国家后来组成了"南联盟"(南斯拉夫联盟共和国),所以说"南联邦"这个国家已经不存在了。

中的仿佛是这个性感而大胆的姑娘身上的谜。他正考虑要不要走过去再和她谈谈,几个边防人员进了大厅,向她走去。几人讨论了一番,内容约翰听不见,那姑娘点着头,没怎么开口说话。她被他们送了出去,身后拖着她的红色大行李箱。

"约翰整夜直挺挺地坐在不舒服的椅子上,睡得很差。他醒来时已是黎明时分,雨残忍地大片大片落下,落在窗外的停机坪上。"

||||||||

"至于约翰怎么跟大使馆打交道,还有他在布拉格游手好闲的日子,我们的故事略去不表。他在那里待了一段时间,然后回了国。他一直忘不掉边检大厅的那个夜晚,也忘不掉那个女孩,女孩身上那种勇敢,还有她透露出的漫不经心的厌倦。他给自己的表现打不及格分,因为他选择忍耐专制的苏联式权威,还因为他没抓住机会更多地了解那个女孩。

"回奥斯陆以后,约翰在第一波互联网浪潮中找了份工作。他卖掉手头一家'初创公司'——不管那是什么玩意儿——的股票，赚了不少钱，因此可以暂时不工作，出去旅行。他决定去阿布扎比，寻找那个女孩。

"他在书报上读过，贫穷战乱国的女人会被坏人安排移民到那里，然后被迫卖淫。但他确信他遇见的那个女孩不是受骗，而是明明知情却故意去出产石油的国家卖淫。她在他脑海中占据的空间越来越大。

"一连两个星期，他每个夜晚都在阿布扎比的各种妓院里寻找，那些新野兽派风格的酒店，那些烟雾缭绕、喧闹不堪的夹层楼面，他打量一张又一张女人的面孔，她们也打量他，仿佛他是商品上的价签。他看那些女人走出电梯，在酒店大堂里穿梭，或者在休息室里四处站立，搔首弄姿，眼观八方。他和她们攀谈，但对话往往以误解告终：她们都以为他在找某一类女人，而不是一个特定的、真实存在的人。有时她们耍他玩，抛给他错误的线索。当然，我知道那个人。金色头发，对不对？她晚点儿会到这里来。或者，我可以组个派对，到时候你就见到她了。或者，我能让你完全忘了她，相信我。

"只有那么一次，她们给的线索似乎值得一追。一个黑头发、大眼睛、歪鼻子的女人以非常坦率的方式跟约翰说话,那种语气让他觉得她的话可信。我知道你说的这个女孩。她是克罗地亚人。我,我也是克罗地亚人。她确实是大概那个时候来这里的,没错。我想她跟我提过你说的事情,她来这里的时候遇到的麻烦。是的,她还在这里。

"那天夜里,他去歪鼻子女孩指定的那家又小又脏的俱乐部里跟她碰面。她在那里,身边还有另一个高个子的金发女孩。据他回忆,那女孩头发不长,是一头漂染成几乎全白的短发。他对她讲了他的故事,说他三年前在机场里想要进入布拉格时曾见过一个女孩——也许就是她本人。

"'我不记得你了,'她说,'但我觉得你说的人就是我。'

"'你当时提着一只巨大的红色行李箱吗?'他问。

"是的,没错。

"就是她,她当然不会记得他。她怎么可能因为约翰这样一个不起眼的呆子而背上沉甸甸的柔情回忆呢?但他记得她,这就够了。

"接下来的一周,约翰每晚都和她见面。他每晚付钱给她,作为她陪伴他的报酬。尽管花了那么多钱,但他只是打算和她聊天，互相了解，以此展示他的兴趣和诚意。可事情并没有像他计划的那样发展。她似乎更愿意向他提供她习惯提供的服务。约翰顺了她的意，也许顺得有点儿太快了，这让他感到内疚和困惑。但是，在这种不自然的安排下共处几天以后，有什么发生了变化。感情的天平偏转了，你可以这么说。我仍然不理解为什么。这很令人费解，但她爱上了约翰。"

故事讲到这里暂停了一会儿，挪威人和妻子用他们的语言交谈了一会儿。妻子的语气似乎是在纠正丈夫。

"她要求我在此承认，"她翻译他的话，以第三人称谈论她自己，"没有人理解一个人为什么会爱上另一个人。她确实爱上了他，而不是顺势利用他，我对此感到惊讶，很可能是我那庸俗的刻板印象让我认为，来自前社会主义阵营的斯拉夫女人个个冷酷无情、精于算计。我太太说的对。我不应该惊讶于女孩有一颗心，惊讶于她能在约翰身上找到可爱的地方，而我找不到。我和约翰很像，这我前面已经说过了，事实上，我和他在一定程度上是对手关系。我们还是继续讲故事吧。"

"这个女孩和约翰一起搬到奥斯陆。最初的几个月非常幸福——至少他这么觉得，至于她怎么想，我们没法知道。他朝思暮想了三年的这个人既风趣又迷人。他的朋友们都喜欢她。她轻松地适应了新环境，甚至主动开始学习挪威语。

"然而，随着同居生活的展开，约翰心里悄悄升起了疑虑。如果他单独外出，她会问他去了哪儿。当他们在街上与陌生的女人擦肩而过时，他偶尔会觉得自己的一部分剥离了出去，对陌生人有了渴望。一天早晨，她在床上翻身对着他，她呼出的气息——清晨的口气——刺痛了他的鼻孔，就仿佛某种道德过失刺痛了他的心。除了屏住呼吸，他什么也不能做。

"在她不知道某个乐队或某部电影时，他开始感到烦躁。二十岁出头的他在游手好闲地吸收文化，二十岁出头的她却忙着逃离一个即将崩溃的国家，她对他在乎的东西如此无知，他开始变得不耐烦了。

"她想和他做爱的欲望开始超过他想和她做爱的欲望。他随时可以获得性爱，于是性爱贬值到他以前从未想象过的程度。那就好像你正穿过一个房间，到处摆满了热气腾腾、高高堆起的食物，于是你唯一的愿望就是逃离那些食物，休息一会儿。他希望她能让他休息一会儿。

"他建议她去萨格勒布探望她母亲。在她离开期间，他开始怀疑她并不是——也许从来就不是他在机场遇到的那个穿白色高帮鞋、一身英雄气的女人。他们也不喜欢我的护照。对那个女孩的思念撕裂了他。因为这个女孩不是她。就算真的是她，也不是当初的那个她。他遇见的、渴望的、赞美的不是他找到的这个女孩。这个女孩身上没有英雄气。她很普通，她需索无度，她不完美。他们的关系，从他的角度看，已经结束了。

"约翰没有勇气当面提分手。她探望母亲回来前，他给她留了张字条，说他会离家几天，她可以利用这几天想想她要怎么做，接下来去哪里。他乘火车去了瑞典。在酒店丑陋的酒吧里，他坐在粗莽的瑞典人身边，喝着淡而无味的啤酒，感到抑郁正在他的身体中蔓延。正值冬季，四处阴冷荒凉。他梦寐以求的女孩无处可寻。这让他一头栽进了存在主义危机里。他呆呆地望着窗外厚重的天幕，光秃秃的树枝上挂着破烂的塑料袋。"

||||||||||

挪威人大声叹了口气，环视桌边的人，似乎在等待回应。他太太也很安静。

我们都很迷惑。故事这就结束了吗?

"可是,可是,可是,"查理曼大帝传记的作者说,"快乐的结局在哪里?按规定要有快乐的结局。"

"这就是快乐的结局。"挪威人用他的语言说,他太太用我们的语言重复了一遍。

"悲伤的约翰在寒酸的酒吧里喝着无味的啤酒,孤独一人,没有爱情,这是快乐的结局?"

"对我来说是快乐的,"挪威人说,"对约翰来说不是。"

"哦?为什么呢?"

"因为我娶了那个他到处寻找的女人。现在给你们转译这个故事的人就是她。"

我们齐刷刷地看向他太太。

"我丈夫可找够乐子了,"她说,然后满含爱意地揉乱他的头发,"明天我自己也会找些乐子,因为明天轮到我讲故事了。"

她说完这话,我们就互道晚安散去了。

THE MORNINGSIDE BY TÉA OBREHT

晨边

蒂亚·奥布莱特

Téa Obreht

生于 1985 年，美国小说家。著有小说《老虎的妻子》《内陆》。奥布莱特现居美国怀俄明，在得克萨斯州立大学任创意写作项目的特聘讲席教授。

很久很久以前，所有人都离开了，我们住在一座叫"晨边"的塔楼里。塔里还有一个名叫贝兹·杜拉斯的女人——当时我觉得她很老，但现在我大概已接近她当时的年纪，所以我开始觉得她并不老了。

塔楼原先的主人们全都离开了这座城市，新公寓也一直空着，直到某位高层认为招几个新住户兴许能让抢掠者暂时收手。先父是这座城市的公仆，不仅颇为忠诚还有几分头脑，所以我和母亲获准以极优惠的价格搬进塔里。晚上，我们从面包房往家里走的时候，"晨边"巨大的影子若隐若现地落在我们面前，只有寥寥几扇窄瘦窗沿的黑色立面飞掠向上，仿佛零星的音符飘在一首秘密的歌里。

我和母亲住在十楼。贝兹·杜拉斯住在十四楼。我们知道这点，是因为有时她召唤的电梯会把我们困住。电梯里的我们不得不先向上，再和她一起无休无止地向下，身边是她刺鼻的烟草味和那三只巨大的、胸膛像水桶一样的、总在黄昏时分拖着她在附近转悠的狗。

贝兹身材矮小、五官锐利，每个人都为她着迷。她因一场遥远的战争来到这座城市。那场战争的情况似乎没人完全了解，连我母亲也不知道。没人知道她的华服来自哪里，也没人知道她通过什么关系住进了"晨边"。她对狗讲一种谁也听不懂的语言，警察隔三岔五上门，检查她的狗是否最终将她扑倒吃掉了，因为据说她某次出门散步时遇到抢劫，那个试图抢她的可怜虫就遭到了这种厄运。当然，这只是传言，但足以让楼里的人开始请愿，要求她把狗处理掉。

"这个嘛，绝对不可能成功。"我的朋友——住在公园里的阿罗，带着他养的金刚鹦鹉——这样对我说。

"为什么？"

"因为，亲爱的，那几只狗是她的兄弟。"

我从未把他的话错当成一个比喻。事实上，阿罗是从他的金刚鹦鹉那儿听说的，而金刚鹦鹉是听狗亲口说的。他们曾是三个漂亮的男孩子，既讨人喜欢又多才多艺,但是在贝兹从祖国来这里的路上,生活使他们无法再以上帝赋予他们的形象陪伴她。因此,据阿罗说,贝兹与某神灵达成了协议,后者把他们变成了狗。

"那三只狗?"我问,心里想着它们糊满口水的下巴和皱巴巴的脸。

"它们确实令人印象深刻。但我猜,要的就是这种效果。"

"为什么?"

"这个嘛,在这里它们比大多数人更受欢迎,亲爱的。"

我问了阿罗许多很难答的问题,但是关于狗的事情,我相信他——主要因为八岁的我认为金刚鹦鹉不可能说谎。而且,还有很多证据支持他的理论。那几只狗比我们吃得好。每隔一个下午,贝兹就会拿着许多纸袋从屠夫那里满载而归,然后整栋楼都是烤骨头的气味。她对狗说话总是轻声细语。他们每天傍晚一起走出大楼,狗把人夹在中间形成一个紧绷绷的V字。然后一整夜没人见到他们,直到第二天早晨她才再次出现,跟在狗身后,匆匆走在被晨曦染红的街道上,仿佛她和她一生的秘密之间只隔几秒钟的距离。她的公寓,在我家之上四层，和我家户型一样。很容易想象狗在她洞穴般的家里游荡，用黄色的眼睛追踪她，躺在白色油漆布上打鼾——我一直想象她家地上铺着这种油漆布。

关于贝兹，有许多东西很容易推断，但人们并没有发现。其中最重要的一点是，她显然是个画家。她华丽的外套和精美的皮靴上总是溅着颜料。颜料染黑了她的甲床，在她睫毛上沾上斑点，颜色那么鲜艳，我在路尽头的树上也能轻松看见。有时我躲在那棵树上观察她，她的狗有几次嗅到树上的我，便一直围着树干挫败地咆哮，直到贝兹的头终于出现在树下。然后她便开始用她从家乡带来的那种颠三倒四的语言教训我。

"你能听懂她说的话，对不对？"有一次我问我的朋友埃娜，她从某个我估计和贝兹家乡差不多的地方搬来纽约。

"不，"埃娜轻蔑地说，"完全是另一种语言。"

"听起来差不多。"

"其实根本不一样。"

埃娜去年才搬进四楼，和姨妈一起住。之前她们在隔离点住了七个月，埃娜在那里染上某种疾病——注意，不是她因此被筛查的那种——大约掉了一半体重。

因此，我们一起走在街上时，我感到自己有责任伸手拉着她，把她拴在我身上，以防她被风吹到山上，再掉进河里去。她似乎没有意识到自己的渺小。她表情冷酷，有一双绿色的眼睛，在"营"里学会了撬锁（我一直以为她说的是夏令营，直到我终于理解那并不是夏令营）。总之，因为她会撬锁，她带我进入了一些"晨边"里我从前进不去的地方：比如地下室里的游泳池，那里有干燥的美人鱼马赛克画；还有屋顶，在那里我的视线可以与市中心黑暗的护墙齐平。

埃娜好奇心很强，是天生的怀疑论者。贝兹·杜拉斯的狗兄弟会在黄昏到黎明之间变成人的说法，她一点儿也不买账——就算我把所有证据给她看还放《天鹅湖》给她听也不行。

"谁变的？"她想知道。

"什么？"

"谁帮她把他们变成狗的？"

"我不知道——在你老家，不是有做这种事的人吗？"

埃娜的脸红了。"我再说一遍，贝兹·杜拉斯和我不是一个地方来的。"

整个夏天，这个分歧是我们之间最不友好的事物；我们无法和解，因为每当贝兹离开"晨边"，而后沿着街道走向屠夫那里，这事就会被翻出来一回。

"要不我们进她的公寓亲眼看一看？"一天下午，埃娜这样说，"这并不难。"

"却很疯狂，"我说，"因为我们知道那地方有一群狗看守着。"

埃娜得意地笑了："可如果你说的是真的，这会儿狗不就应该是人吗？"

"那不是更糟吗？"我觉得在那种情况下，那几个人几乎肯定没穿衣服。

私闯贝兹家的想法原本大概只会是我们用来刺激对方的话头，如果贝兹没有那样做的话。某个阳光明媚的下午，我们正坐在公园的墙上，她在我们面前停下脚步，目不转睛地盯住埃娜。"你是内文的女儿，对不对？"贝兹终于开口问道。

"没错。"

"你知道过去他们叫你爸爸什么吗，在我的家乡？"

埃娜老练地耸了耸肩。没有什么能触动她：不管是亡父的名字，还是接下来贝兹用那种我听不懂的语言说的话。她只是坐在那里,细瘦的腿紧贴在墙上。"对不起,"等贝兹终于安静下来,埃娜说,"我听不懂你在说什么。"

我想我本该意识到此事会让埃娜下定私闯贝兹家的决心。但我那时很幼稚,又有点儿爱她,而且我时常在想象中走进贝兹家里四处晃悠,所以第二周埃娜按下电梯里的上行而非下行键时,我并没感到太惊讶。我相信当时我确实说了句"我们还是不要……",但我只在埃娜已经开始撬锁的时候说了一遍。我这么说只是因为我第一次强烈地意识到,我们还只是孩子。

那间公寓和我家完全一样:色调死白的门厅;空间过大的厨房,里面的大理石台面像蛋糕一样厚。我们循着油漆的气味走进一间本该摆着钢琴的客厅。四面被色彩斑斓的小油画围绕,靠墙立着一幅我这辈子见过的最大的画。笔触粗糙碎裂,但场景不难辨认:一个年轻女子正在过桥,从河边的小镇走向河对岸。她身边有三块空白,那里的油彩似乎被刮掉了;我意识到,那三块空白应该就是狗变成人以后爬出来的地方。

但狗这时并不是人形。它们从沉睡中醒来,正从那块溅满颜料的油漆布上(果然跟我想的一样)一只接一只地坐起来。我觉得它们看到我们,就像我们看到它们一样惊讶。

如果贝兹没有恰好在这时回来,到底会发生什么?我真的说不出来。我们大概会变成报纸上的一个悲惨的统计数据,那种教导你什么东西安全、什么东西不安全的数据。

"好吧,"贝兹说,"内文的女儿。扭曲的心——真叫人惊喜。"

"下地狱吧。"埃娜流着泪说。

我母亲从不知道此事,我猜埃娜的母亲也一样。一连好多年,这个只有我们三人知道的时刻,一直是我每天醒来想到的第一件事,也是我每天躺在黑暗中想到的最后一件事。我当时非常确信,我会在生命里的每一天重温那一刻。在很长一段时间里,甚至在我离开"晨边"之后,我确实都在不断重温。但时光流逝,后来我终于不再每天想起它。有时我突然意识到,我过去好几天都没想起那件事了——当然,一旦意识到这个,几天的连胜纪录就被打破了。突然,我又掉进那个房间,那幅巨大的画,围在画边的狗仿佛正等待被唤回它们所来自的那个世界——这种感觉会让我觉得松了一口气。再后来，连这种情景也渐渐在烟雾中变得模糊。这成了那种我会讲给恋人听的关于我的故事——那种决定长期交往时我会告诉对方、分手时我希望对方彻底忘掉的故事。

在报纸上偶尔读到这个故事时，我已有好些年没想起它了。一个有些名气的外国画家去年夏天死在这座城里；问题在于，人们无法取走她的尸体，因为尸体被一群饥饿的罗威纳犬看守着。任何人哪怕碰一下门，那群狗就会发狂。人们找来了全国各地的专家，可谁也找不出一句能制服狗的命令。人们决定把狗击毙，为此，他们把一位勇敢的狙击手吊在一台洗窗机上。可是，狙击手透过窗子朝里看时，只看到老妇人一动不动的身体。老妇人双手合十，躺在一幅巨大油画脚下的油漆布上。画上画着一位公主和三个年轻男子。他到底该用枪射什么？"这很令人费解，"他对记者说，"但那里真没什么我能做的。"狙击手收拾好东西离开后，警察又试图开门；当然，狂吠的狗又出现了。

这样的情况持续了一周左右。最后，一个在城市另一头工作的女人来到警察局。"我曾经住在那里，"她说，"我能帮上忙。"记者没有写她的名字，但描述中她瘦得像根栏杆，有一双巨大的绿眼睛，因此我知道她就是埃娜。在一个风雨交加的夜晚，她上了楼，还留在城里的人全都聚集在楼下的院子里。埃娜站在门外，轻声细语地说着充满爱意的亲昵絮语，那些话属于某个已经过去的时代，属于某个已不存在的地方。她一直知道，狗能听懂她用的那种语言。最后，她听到它们从门后退开。她一边转动门把手，一边说着：别担心，孩子们，没事的，没事的，没事的。

HOW WE USED TO PLAY
BY DINAW MENGESTU

我们从前玩过这样的游戏

迪诺·蒙格斯图

Dinaw Mengestu

生于1978年,埃塞俄比亚裔美国小说家。著有《我们所有人的名字》等三部小说。蒙格斯图是纽约巴德学院写作艺术项目的主任。

病毒袭来之前，我叔叔开出租车，每天开十到十二小时，每周开六天，开了近二十年。他坚持这样做，尽管乘客一个月比一个月少，尽管他有时在国会大厦附近的豪华酒店外面空等几小时也接不到客人。他还住在之前那间公寓里，自他1978年来到美国就没挪过窝。当我打电话询问他过得怎么样时，他告诉我他最近才头一次考虑起自己有一天也许会死在那栋楼里。他说这话时语气并不惊恐，反而像被逗乐了似的。"为什么他们不在签租约的时候告诉你这个？要是你过了七十岁，就应该白纸黑字地写在合同的第一行。注意。这可能是你的最后一个住所。"

我向他保证，他绝不会死，虽然我们都知道那不是事实。他七十二岁了，每天早晨坐进出租车之前，他会先把十二层高的公寓楼上上下下地走上几遍，为的是在工作之前活动一下肌肉。

"你是我认识的最强壮的人，"我告诉他，"只有外星病毒能打倒你。"

挂电话前，我告诉他我要从纽约开车去看他。那是 2020 年 3 月 12 日，病毒正要开始围攻城市。"我们一起去超市采购，"我说，"把你的冰箱填得满满的，这样你就可以慢慢变老、发胖，直到病毒消失。"第二天，我一大早就从纽约出发，却发现去华盛顿特区的高速公路上已经塞满了车。我叔叔只来过纽约一次，当时他问我，城里到处都是昂贵的地下停车场，深藏在那些地方的汽车到底怎么回事？买下自己的出租车前，叔叔在距白宫三条街的一家停车场里工作了十五年，他常说，他永远无法理解美国人为什么花那么多钱把从来不开的大车存在停车场里。堵在车队里的第一个小时中，我想打电话告诉叔叔，我终于找到了这个问题的答案。我们尽管整天大谈美式乐观精神，心里却始终迷恋着世界末日。这些空荡荡的大车，一直在等待一场爆炸召唤它们上路，现在时候到了，它们终于倾巢而出，把公路的四条车道全都塞得水泄不通。

〿〿〿〿〿〿〿〿

我叔叔的公寓坐落在刚出华盛顿市区的郊外。当我终于到达那里时，叔叔正坐在公寓楼外面的一条水泥长凳上，双肘支在膝盖上，两只手掌紧紧合在一起。他挥手示意我站在原地别动，自己起身坐进停在我身后不远处的出租车里。他给我发了一条短信："把车停好。我开车。"

我们尴尬又笨拙地问候彼此，不是像往常那样亲吻脸颊，而是在肩膀上拍打三下。我们已经有六个月没见面，也许是七个月，而上次坐他的出租车至少是十年之前的事了。车缓缓驶离公寓楼时，他说这让他想起一个游戏，在我小的时候，他开车送我和我妈去买菜时我们在车里玩的游戏。

"你还记得那个吗？"他问我，"你还记得我们从前常玩的游戏吗？"

我们右转，开上一条宽阔的四车道大路，两旁有许多购物中心和汽车销售店。我在这里长大时还没有这些店。不知为什么，我不愿用一句简单的话回答叔叔的问题，比如，我当然记得那些游戏；它们总是我每周最大的盼望。于是我没说话，只是点点头，抱怨前面堵了那么多车。叔叔伸手亲昵地揉揉我的后脑勺，然后按下计价器。我们常在他的出租车里玩的这个游戏正是如此开始。按下计价器后，他转头问后座上的我："您想去哪里，先生？"这游戏我们一连玩了几个月，说出的地名从来不重样。我们先从本地的目的地开始——华盛顿纪念碑，广场周围的博物馆，但很快就扩展到越来越远的地方，如太平洋、迪士尼世界和迪士尼乐园、总统山和黄石国家公园，后来我学了世界史和地理，于是又添上埃及、中国长城，然后是大本钟和罗马斗兽场。

"你妈妈曾经很生我的气，因为我没有叫你选埃塞俄比亚。"他说，"她曾经告诉我：'如果他要想象一个地方，该让他想象他自己的祖国。'我告诉她，你只是个孩子。你生在美国。你没有祖国。除了我们，你不需要对任何东西忠诚。"

前面的交通灯红了三次，又绿了三次，我们终于开始向前移动。正常情况下，这样的速度一定会激怒叔叔，连他自己也承认，他从不是一个善于保持静止的人。最后一次玩那个游戏时，叔叔和妈妈争了起来，因为妈妈说我们的虚构冒险毫无意义。"我们没钱带他去任何地方，"叔叔说，"所以就让他在出租车的后座上看看世界吧。"

我们的最后一趟旅程是去澳大利亚，母亲允许我们出发，条件是从此以后她在车里时再也不玩这个游戏。答应她的条件后，叔叔按下计价器，在接下来的十五分钟里，我对叔叔讲了我知道的关于澳大利亚风景和野生动物的一切。我说个不停，到达食品店，母亲叫我下车时，我还在讲。我不愿看到我的旅程在一个停车场里宣告结束。于是叔叔挥手让妈妈先走，然后叫我继续说下去。"把你知道的关于澳大利亚的一切都告诉我。"他说。这时，一种深深的疲惫感突然淹没了我。我脱下鞋子，伸开腿。我把腿蜷在身体下面，他从副驾驶座前的储物箱里拿出一份厚厚的地图垫在我头下，这样我的脸就不会粘在聚乙烯材质的座位上。

"睡吧。"他对我说，"澳大利亚非常远。时差一定让你很累了。"

快到超市的时候，我想问叔叔他对我们的最后一次旅程还有哪些记忆（如果他还没完全忘记的话）。他正全神贯注地开着车，向右转进一个停车场，那里已经挤着许多车，入口处似乎还横七竖八地停着五六辆警车。

我们离目的地只有一百米,但前面排着那么多车,推着购物车在外面等的人也越来越多,我们能在货架被抢空前进去的概率似乎正变得越来越小。

我们一定等了快二十分钟才转过最后一个弯,进了停车场。一次微小的胜利,叔叔宣告胜利的方式是用食指轻敲计价器两次,让我记下车费。

"终于,"他说,"来美国这么多年,我终于发财啦。"

我们一寸一寸地朝停车场后部移动,因为在那里找到停车位的机会似乎会比较大。尝试失败后,叔叔开过一条窄窄的草皮,进了一家餐馆的停车场,那里的墙上钉着"顾客专用车位"的牌子。我等着他关掉引擎,但他继续双手握住方向盘,身体微微前倾,似乎随时准备开走,只是不确定该朝哪个方向前进。我以为自己了解他的困扰,但这种想法随后就被推翻。

"你不用进店里。"我说,"你可以在这里等着,等我出来的时候再接上我。"

这时他把脸转向了我。自从我坐进出租车,这是我们第一次直视彼此的脸。

"我不想在停车场里等,"他说,"我每天净干这个。"

"那你想做什么?"

他关掉计价器，然后又关掉引擎，但把钥匙留在点火器上。

"我想回家。"他说，"我想有人告诉我怎么从这里出去。"

LINE 19 WOODSTOCK/GLISAN
BY KAREN RUSSELL

十九路巴士
伍德斯托克/格里森

凯伦·罗舒

Karen Russell

生于1981年,美国小说家。著有长篇小说《鳄鱼女孩》和短篇小说集《橙色世界及其他故事》等。罗舒现居美国俄勒冈州波特兰市。

那一幕发生时的情况和人口耳相传中一模一样：时间真的变慢了。救护车沿错误的车道逆行，通过伯恩赛德大桥，呼啸着冲向十九路巴士。查看左边，查看右边，再查看一次——瓦莱丽很注意巴士的众多视角盲区。但救护车不知从哪里突然冒了出来，从她有生以来见过的最浓密的雾气里生出来。它在前进，越来越大，越来越近，越走越慢。时间像太妃糖一样被拉扯向远处。连警笛也像喝醉了一般东倒西歪地眨眼。瓦莱丽花了半个世纪才起念试图转动车轮，但已经太迟了——车轮锁死了。

瓦莱丽是个优秀的司机。十四年来，她的驾驶记录上只有两次违规，两次都是无中生有的判定。她七十二岁的母亲塔玛患了中风，正在康复中，此刻正和瓦莱丽十五岁的儿子提克一起在家。提克喜欢收集新奇的烟斗，外婆喜欢囤积瑞兹花生酱杯[1]。瓦莱丽的母亲上周一直咳嗽。让她待在家里，等她开始发烧再说，医生这样嘱咐瓦莱丽。等她开始发烧再说？"记得给外婆量体温。"出门前她小声对提克说，又切换成最大音量对母亲喊道，"他的小熊软糖不是维生素糖，妈！"

事故发生那晚，她的巴士上只坐了不到三分之一的乘客。二月份以来，周均乘客数量下降了百分之六十三。青少年仍旧乘车，漫不经心而又饥渴，把城市巴士当作他们的屁股快线——提克是这样解释的。（他的语气听起来有点儿嫉妒，她觉得。提克总是独来独往，和她一样。）瓦莱丽一直留意着车厢后面的两个娃娃脸女孩，她们把口罩拉下来接吻。她们并不想死，因为想活着的愿望过分强烈，她们才选择做出和急于赴死的人同样的行为。对这些孩子而言，孤独是最致命的威胁，你不可能让他们相信世界上有比孤独更危险的东西。

"喂，茱丽叶。"口罩后面，瓦莱丽的声音听起来有点儿沙哑，"别闹了。"

---

[1] 美国常见的一种零食，在一个杯子形状的巧克力里面填满花生酱。

"我是她的行迹追踪员。"蓝发女孩一边大声回答，一边舔着恋人的脖子。她们大笑起来，瓦莱丽不为所动。"你不舔扶手杆就行。"

瓦莱丽把夜间的常客叫作"末班车俱乐部"成员。每个工作日晚上，她总能见到八到十张熟悉的面孔。新冠改变了末班车俱乐部的成员构成——现在大部分乘客总在"紧急状态"中，仿佛紧急状态是种慢性病。像玛拉这样的乘客，没有自己的轿车，得乘巴士去买药、买卫生棉条、买食品。玛拉在查韦斯站把轮椅摇上斜板，腿上放着一个湿透的"来爱德"[1]袋子。"弄好了。"瓦莱丽说，她正跪在地上固定玛拉的轮椅，"新规定。巴士上不能载太多的人。"

好的一面是，瓦莱丽不像过去那么担心撞到人了。病毒扫清了街道。像僵尸一样四处乱走、看都不看就从人行道跨到车道上的行人少多了。大姐！把塞子从耳朵里拔出来！骑自行车的，穿得跟哑剧演员似的真的明智吗？

她的有些同事把乘客叫作"牲口"，她从不这么叫。

---

[1] 美国的一家连锁药店，兼售日用品和食品。

她爱她的乘客吗？有些老司机会说他们爱车上的常客，她也是吗？"我爱公司的福利。"她对弗雷迪说。她做这份工作是因为这是她能找到的时薪最高的工作，为了提克。"你在为退休存钱吗？""我在为我的血栓存钱。"她开玩笑地说。

"你觉得世界上有多少好人？"弗雷迪在休息室里问她。她毫不犹豫地回答："百分之二十。有些晚上，百分之十一。"

车上的小便。收容所里的火灾。大声的叫骂。雷克斯街和三十二街交界处不牵绳的狗。路人扔来的石头。坏天气。可能得了新冠的乘客。就算让时间停止的事故从未发生，这一周也已经算是够可以的了。

人这一生就像在海底，有许多鲨鱼，但旁边也有许多其他鱼。常客中有一部分人，她是真的在乎的——像本这样的温和的人，只是想上车避避冰冷的雨；坐在被喷上涂鸦的轮椅上的玛拉，用红毛线给孙子织网状的"龙翅膀"。目前车费不收现金，但在这些夜晚，如果谁没有公交卡，她也懒得为难他们。

在终点站，她领到一个自封袋，里面装有一个单只装的口罩和八片消毒湿巾。她用自己买的消毒剂把所有东西都喷了一遍。弗雷迪为了保护自己，在驾驶座后面挂了条从一元店里买来的浴帘，后来老板命令他把浴帘拆掉。

那天晚上，事故发生前有过一个预兆，但瓦莱丽没注意。当时车正朝鲍威尔街行驶：几十家关门的酒吧和古董店，百叶窗低垂，每一间都像一位古怪的老阿姨；杂草丛生的平板房；无人问津的玫瑰花丛；篮球架和篮筐。她绕过一辆躺在路中间的儿童自行车，吓得几乎尖叫起来。车头灯照亮了那个扭曲的自行车架。车把手上的丝带铺散在地上，一旁还有辅助轮和手指骨般的辐条。她心跳快得像喝了九杯咖啡。那里没有人，没有人受伤。巴士继续隆隆作响地前进。那辆自行车在侧视镜里渐渐变成一个暗淡的斑点，越来越远，越来越小，像远去的童年。她的心率降了下来，回到日常的思绪中，就像把车并入到原先行驶的车道一样。

一个好司机的传记是一千页几乎要发生、但并没发生的事件，和差点没避开、但最终避开了的险情。瓦莱丽将那些阴影看作好运。

可现在她的运气似乎用完了。她模模糊糊地听到乘客在她身后尖叫。她做好了撞击的准备，但并没有发生。到底是他妈的怎么回事？救护车司机的嘴在动，似乎在问同一个问题，只是比她用的脏话更多。他们仿佛卡在一团看不见的油灰里。两张受惊的年轻面孔渐渐对上了焦，像显影盘里的胶片慢慢清晰起来。巴士又前进了两厘米，然后在一声仿佛来自另一个世界的尖叫后彻底停下，离救护车的前栅栏只有一步之遥。瓦莱丽等待着危险解除后理应袭来的轻松感，但那浪潮一直没来。她拉上紧急刹车，尽管现在这样做已经毫无必要。时钟冻结在晚上八点四十八分。她跳下车。

"瓦莱丽。"

"伊冯娜。"

"丹尼。"

他们在桥上郑重地握了手。

"今晚路上一个人也没有。"救护车司机丹尼说。他的手指上涂着黑色指甲油，身上的急救员衬衣浆得硬邦邦的，惨白的脸被她的车前灯照着，看起来有些发绿。"我没发现自己开错了车道。雾太大，我的除霜器很烂……"

她用眼角的余光注意到先前没看见的东西：萤火虫般的车前灯沿着内藤大道飞驰，宽阔的河流转着圈奔向太平洋。而在他们周围，没有任何东西移动。黑暗笼罩着大桥。

"我只想重新上路。"瓦莱丽说。不能再被记过了，她负担不起。那种玩意儿会永远留在你的记录里，要是你抱怨这不公平，就会因为抱怨再被记一次过。

"哦，上帝啊。"救护车上的副手伊冯娜说。戴无框眼镜的黑人妇女长着一双大大的琥珀色的眼睛，也许就比提克略大几岁。这些年轻人竟会让她如此在意自己的白发，这叫瓦莱丽大吃一惊。就算是在凝视死亡的时刻，你竟还会因头发而虚荣心作祟。

"我很抱歉，刚才不应该和你握手。"

瓦莱丽点点头，还好自己戴着口罩。她也忘了不能握手。她很怕把病毒传给妈妈。外婆现在右半身瘫痪了，笑起来像只鹈鹕。她担心这样看起来很凶，但提克安慰她说，她中风之前就凶得像鬼。只有他能让她的眼睛里漾起笑意。

"真是吓死人了，"伊冯娜说，"你向我们冲过来，车速越来越慢——"

"我向你们冲过来？"

"然后所有东西就……就停止不动了——"

三人一起盯着安静的救护车，然后又一起把目光转向巴士。巴士的雨刷像两条弯弯的眉毛，瓦莱丽的乘客在眉毛后面夸张地比手画脚。他们看起来受到了惊吓，但并没受伤。

外面的世界发生了某种非常奇怪的变化。威拉米河停止了流动，栏杆外的河水看起来像结了冰的雕塑。一束束光线在高架桥下的支架上出现又消失，融于深水。紫色的，酱红色的，浅绿色的。仿佛月亮正在发牌，把各种颜色随机扔了下来。

瓦莱丽爬上巴士，回到驾驶座上。她拿起电话接通了调度员："1902。我在伯恩赛德大桥上出了事故。我想我被困在两个世界之间动不了了。或者可能已经死了。"

调度员已经听不到她的声音了，情况似乎是这样。"这里是1902，我在桥上，能听到吗？"

"救救我。"她小声说。

她并不真的指望对方回答。令她吃惊的是，她的困惑如此飞快地变成了恐惧，然后恐惧又如此飞快地变成了木然的顺从。十九路巴士迷失在了时间里。

瓦莱丽不认为自己是个优雅的人。她是扁平足，还患有哮喘。她驾驶一辆十二米长、二十吨重的巴士。但现在她的思绪像体操运动员一般轻盈地腾空而起，直接跳到了最坏的情况：我也许再也不能回家，回到他们身边了。

她咽下一口恐惧的味道，一种她此前从未尝过的味道。这就是结局吗，巴士就这么从桌面滑落，掉进时空的死胡同，像台球桌上的母球落入错误的球袋？

人们疯狂地发着短信，拇指上下翻飞，对手机发出歇斯底里的独白。

她突然怀念起晚上八点四十七分的焦虑，至少乘客大声叫骂的毛病是在她的理解范围之内。

"寂静的夜晚。"她对着不再回应的电话咕哝道。

把惊恐吞进肚里。只剩下寂静的嘶嘶声。

"所有人都下车！"

瓦莱丽和伊冯娜决定走路去求援。不转弯，笔直前进。瓦莱丽能感觉到其他人跟在她们身后。走到救护车那里时，瓦莱丽觉得自己仿佛走进了一阵狂风之中。她弯腰顶风前行，直到再也不能前进一步。瓦莱丽回过头，看到一半的巴士乘客在与她相反的方向上挣扎，在越来越浓的雾气里摆出太极拳的姿势。他们看起来像一棵棵树木，缓慢地将自己的根系拔出，又重新扎进土里。

"你听着像嗑药了，妈。"提克一定会这么说，要是她还能再见到他的话。

她大喊一声，冲向那堵神秘的墙，挥拳猛击空气。她超过了救护车，又走出三米。她的腿感到了一阵压力，仿佛像是顶住了一个垫子，双臂被压在身体两侧，动弹不得。

"我们真的要管这个叫'事故'吗?"丹尼问，似乎在为自己辩护，"并没有发生什么——"他指了指救护车，引擎盖没有瘪，挡风玻璃没有碎，安全气囊没有弹出，座位上没有血。

"你在开玩笑吗？时间停止了！"她说。

她的常客之一——姓汉贝托，胸前的名牌上写着"伯蒂"——有一块老式手表。他给她看了表，分针不走了，所有小小的齿轮都冻住不转了。"假的。"他尴尬而激动地对她说，"我是说，能看时间，但不是真金做的。"他愤怒地摇晃着手表，然后大叫一声把它扔到栏杆外。坠落了将近二十多米。夜一口吞没了它。瓦莱丽想知道它是否能触及到水面。

"喂，注意点！保持两米间距，伙计！"

"哦，对不起。"即便如此接近午夜，你也能听见人脸红的声音。

患有妄想症的本似乎还保持着旺盛的好奇心和信心。"看，我这有香辣鸡，所以我们饿不着。"他拿出一个桶，掀开盖子，给所有人看。桶里什么也没有。

"我们已经死了，我们已经死了。"戴金黄色头巾的年轻母亲说，她哭了起来。

她叫法蒂玛，产科护士，加入末班车俱乐部三年了。她在医院上夜班。她儿子在外婆家，在黑河另一边的蒙塔维拉，等着她去接。

"啊，我得去接我的宝宝——"

"每个人都有要去的地方，女士。你并不特殊。"

"不是每个人。"本轻声说。

瓦莱丽修改了她对法蒂玛说的话。

"他说的对。你不是一个人。我儿子也在等着我。"

就这样，叹息的幽灵飞出他们的身体。美丽的幻影在桥的这边或那边呼唤着他们。

"我未婚妻怀孕了……"

"我还有生病的弟弟……"

"我要喂吉纳维芙,我养的鳄鱼……"

丹尼清了清嗓子。"我知道这不是比赛。我并不是想赢过大家。但是我们是去救人的,有个女人洗热水澡时癫痫发作……"

瓦莱丽的乘客并不买账:"是吗,要是你能在把我们挤下路面前想到这个该多好!"

"开车起码要挑好车道吧,孩子。"

"下次最好别再挑我们这条车道了。"

"要是你们都这么会开车,"丹尼爆发了,"为什么还要搭巴士?"

事实上,能听见他们抱怨真好。这是一首瓦莱丽熟记于心的歌,失望的乘客之歌。她的巴士在路上坏掉过很多、很多次。七月份在维苏威爆了两个胎。在先锋广场对面的那条路上出过电路问题。从来没有人对她说:哦,没事的,瓦莱丽,我不介意多等一小时再去我要去的地方。

现在的危机和那些小事故不能比。但她在这咒骂声中终于找到一种熟悉的感觉。不会有援军来救他们。他们九个人必须打起精神来,自己想办法脱险,瓦莱丽这样宣布。

末班车俱乐部的气氛变了。每个人都想帮忙，这愿望像大浪般升起，分裂成一百种微小的行动。汉贝托揭开引擎盖检查。蓝发女孩滑到两个后轮之间寻找线索。伊冯娜和丹尼试图重启救护车上的时钟。也许是这些小小的努力层层相叠，开始撬动这个时刻，把它从宇宙的胶泥中拔了出来？或者是法蒂玛的助产方案起了作用？

"听着。不知道我为什么没早点想到这个。我们现在卡在八点四十八分和八点四十九分之间的峡谷里。产妇生孩子时也会这样。因为太害怕，所以把一切都关闭了。"

巴士似乎在耐心等待着撞进护栏的那一刻。

法蒂玛向大家解释她怎么把臀位朝下的婴儿倒转过来。她希望大家在十九路巴士上试试这种技术。"丹尼，我需要你站在巴士后面。汉贝托，不要这样梗着脖子，让我帮你换个姿势……"

法蒂玛坚持安全第一，他们在巴士上排开，人与人之间保持适当的距离。重要的是，法蒂玛说，唱歌。唱歌是加快产程的古老窍门，她这样解释。"唱歌能打开嘴巴、喉咙……打开一切。"她在空中画了一个 S，从她的嘴唇开始，指向星空。"有什么东西卡住了。我不明白为什么会这样。但我知道分娩卡住时怎么重启。"

末班车俱乐部服从了她的指挥。不然他们还能怎么办呢？他们一起跟着她唱。两次浅浅的吸气，一次利用横膈膜深深的呼气。他们唱着没有歌词的、属于动物的歌，他们能感到滑溜溜的、带着电荷的空气里正在积聚越来越大的压力。桥开始微微颤动；又唱了几个小节后，桥呻吟起来。人们的肺和手臂像着了火，但巴士就是不肯动。丹尼、汉贝托、本、玛拉、伊冯娜、瓦莱丽、法蒂玛和茱丽叶仿佛汇聚成了同一个人，齐齐向外呼气，用力顶住它。法蒂玛笑着指了指。虽然几乎看不出来，但轮胎开始动了。

用力！用力！

一阵火花。蓝色的胎面上跳起橙色的小火苗。

法蒂玛转向丹尼和伊冯娜：

"你们两人回救护车上去。"

"我不想死！"丹尼尖叫道。

"把救护车换到倒车挡。"法蒂玛温柔地说。

她和伊冯娜交换了一下眼神。"这一晚真长。"伊冯娜比了个口型。

等事情结束后，他们有的是时间互相争执。一半的人会坚持说时间是自行解冻的,与他们的所作所为毫无关系。另一半人则觉得齐心协力一起使劲的做法救了他们。可到底是哪块肌肉发挥了作用?是唱歌,还是用力?

"所有人回座位上去!原先坐哪儿就回哪儿!"提出这个建议的是爱种兰花的玛拉。她说有个词叫"花被卷叠",是指花蕾里的花瓣和花萼对称地紧密排列。这样可以帮助花朵集中力量,破土而出。末班车俱乐部在车厢后部齐声歌唱,仿佛一群乘车去但丁休息区郊游的小学生。瓦莱丽仰头大吼一声。引擎咆哮起来,钥匙终于把车发动了。

然后轮胎吱吱地叫着,转动了起来,加速的过程让人紧张得胃里翻江倒海。雾散开了,露出流动的河水。一只鹰掠过天空。一颗星星坠落了。救护车倒退了一段,然后加速驶向下一场紧急情况。新生的影子凝在河面上,其中一个开始跟着十九路巴士向前游动,尽管稍微有点迟缓。车厢里,那对青春期的恋人继续唱着歌,兴高采烈,走调得厉害。桥下,小鱼从巴士扁平的影子上游过。

在玻璃纸般闪烁的月亮下,瓦莱丽快速驶下伯恩赛德大桥。时钟跳转到八点四十九分。预兆藏在一天或一生密密织就的纹理中，等着被想起。瓦莱丽想起那辆小小的自行车。某处有个孩子正在安睡，鲜红的血在她身体中流动，而不是流到路面上。

这感觉几乎像是一只麻木的脚慢慢恢复了知觉。

瓦莱丽继续开车前进，一个个时刻像一个个星座，如万花筒中的图案般在她体内展开，那些痛苦而尖锐的图案——躺在地上的母亲、提克出生时那把白色的刀、弗雷迪喝到滚烫的咖啡时笑出的眼泪、燃烧的橡胶的味道，她度过的年月像电路般弯弯绕绕。现在，这座城市真实的灯光照亮了眼前的一切，她能看到公寓楼门厅漾出的光晕、港湾里像骨架似的未挂帆的船、流浪汉住的帐篷、空荡荡的酒店，像蝴蝶展翅般在河两岸铺开。他们返回的世界正是他们离开的：一个颤抖着的、被雨水淋湿了的、郁郁葱葱的、破破烂烂的、活着的世界。

等到了桥的另一端，他们还会保持联系吗？每到节日会互寄贺卡吗？会成立一个短信群吗？不大可能。瓦莱丽已经感到他们正再次分离。每小时的工资。东南与西北。有的人有工作、有家、有目的地，有的人则像本一样。有的人一过河就会忘记今晚的事，有的人却会永远被这记忆纠缠。但他们曾共享过一个噩梦。一次奇迹般的逃脱。瓦莱丽刹住车，等待绿灯亮起。明天她还会在这趟车上见到本，从盖特威到司各特山，他在这条路线上无穷无尽地转圈，仿佛这是他的旋转木马。也许到时候他们可以聊聊今晚的事，隔着各自的口罩。绿灯亮了。她已经开始怀疑那不会成真。

IF WISHES ✦ WAS HORSES
BY DAVID MITCHELL

如果愿望是马

大卫·米切尔

David Mitchell

英国小说家。因创作《云图》而被国人熟知，著有《骨钟》《乌托邦大道》。米切尔现居爱尔兰。

"没有海景？还要九百英镑一周？这一定要发到猫途鹰上去。"

她用鼻子喷了一口气。"但好的一面是，陛下，你可以独享顶楼的大平层。按摩浴缸、桑拿房、迷你酒吧。"她按完密码，刷了卡，LED 灯转绿。"宾至如归。"插销哐啷一声弹开，门开了。两米四乘四米二的牢房，平平无奇。厕所。桌子。椅子。储物柜。窗户不干净。不算最好，也不算最坏。

房门在我身后关上——露出一架双层床，某个混蛋正躺在上层。是个阿拉伯人，或者印度人，或者亚洲人，反正是那一类人。他看到我跟我看到他时同样不悦。我用力拍门："喂！看守！这间牢房里有人了！"

毫无收获。

"看守！"

那该死的蠢货已经走开了。

今日天气预报：云很厚，一整天都会这样。

我把包扔到床上。"太棒了。"我看着那位亚洲哥们儿。他身上没有那种恶狗般的气质，但这种事儿说不准，千万不要想当然。我猜他是穆斯林。"刚从旺兹沃思过来，"我对他说，"我本来应该隔离的。一个人住一间。我室友染上病毒了。"

"我阳了。"亚洲哥们儿说，"在贝尔马什测出来的。"

贝尔马什是A类监狱。我心想，不会是恐怖分子吧？

"不是，"亚洲哥们儿说，"我不支持伊斯兰国[1]。不，我不对麦加祷告。不，我没有四个老婆、十个孩子。"

不能否认我确实在想他说的那些。"你看起来不像有病。"

"无症状。"他劈头盖脸地说。我不懂那是什么意思。"我有抗体，所以不会生病，但是我有病毒，所以会传染给别人。你绝对不应该被关在这儿。"

嘿！典型的司法失误。牢房里有个紧急呼叫按钮。

---

1 ISIS，一个活跃在伊拉克和叙利亚的政治实体，奉行极端保守的伊斯兰原教旨主义，宣称自身对于整个穆斯林世界的统治地位，未被世界广泛认可。

所以我按了按钮。

"我听说看守把这儿的线掐了。"亚洲哥们儿说,"为了让咱清静点,他们可什么都想到了。"

我信他。"反正现在大概已经晚了。病毒传起来快得很。"

他点起一个烟卷。"你可能说对了。"

"祝我生日快乐。"

管子里的水咕噜咕噜地响,声音跟呕吐似的。

"今天是你生日?"他问。

"只是个比喻。"

|||||||||||

第二天。我那旺兹沃思室友波哥·霍金斯,打起呼噜来就跟战斗机似的。亚洲哥们儿扎姆睡觉却很安静,所以我睡醒时感觉还不错。发早饭的工人滑开贴近地面的小窗上的插销,正打算把托盘推进来,我已经在地上跪好,准备引起他的注意。"喂,哥们儿。"

一个累成狗的家伙说:"干吗?"

"首先,这间房关了两个人。"

我看见一只耐克运动鞋、一条小腿、推车的一个轮子。"打出来的表格上不是这么说的。"听声音是个大个子黑人怪老头。

扎姆也挤到小窗口前:"你的表格错了,能听出我们是两个人吧。我们俩应该分开隔离,应该住单人牢房。"

大个子黑人怪老头用脚踢上小窗。开窗的时间并不短,足够我多要一份早饭了。

"很好,不错的尝试。"小窗砰的一声关上了。

"你吃吧。"扎姆说,"我不饿。"

餐盒上画了一只猪,嘴边冒出一个说话的气泡,里面写着:两根美味多汁的猪肉香肠!"干吗?因为你不能吃猪肉吗?"

"我吃得很少,这是我的超能力。"

于是我狼吞虎咽地干掉了一根香肠。根本不美味多汁,也根本不是猪肉。我把饼干和过期的酸奶给扎姆,他再次拒绝。没必要再提一次。

今日天气预报:多云,偶有阳光。

电视机是件破破烂烂的废品,但今天还能收到一点五频道,《里奇·皮克特秀》。肯定是重播,演播室里坐得满满当当,大家开心地吸着别人呼出来的病菌。今天的节目叫作《我妈跟我男朋友搞上了》。以前老跟凯丽一起看里奇·皮克特，在她怀着洁玛的时候。我曾经觉得那些大喊大叫、没完没了的可怜虫又哭又喊地互撕很是搞笑。现在不这么觉得了。连最悲伤、最穷、最惨的人都有我没有的东西。他们甚至根本不知道自己拥有什么。

|||||||||

第三天。感觉很糟。咳得厉害。我叫黑人怪老头喊医生来。他说会把我列在表上，但他还是只给一份早饭和一盒午饭。扎姆叫我吃。说我需要保持体力。我们一次也没出过牢房。不能去操场活动。不能洗澡。还以为隔离就是在小破房里睡几天，结果居然跟关单人禁闭一样惨。电视放了半小时ITV新闻。首相白痴·蠢驴先生说："保持警惕！"总统情况稳定·天才先生说："喝点漂白水！"仍有一半的美国人认为他是上帝给我们的礼物。多棒的国家！还播了一点明星怎么努力应对居家隔离。不知道该哭还是该笑。然后电视机就挂了。我做了几个俯卧撑，但又咳了起来。我想吸的不只是空气。得叫黑人怪老头给我搞点好东西来。赊点大麻，这是刚

需。午饭是粉末冲出来的牛尾汤。喝起来臊得像狐狸尾巴汤。喝完,我看到水槽边上有只大老鼠。那棕色混球个子真不小。可以把你的脚趾咬掉。"你看见老鼠先生了吗?那副样子好像他才是这儿的主人。"

"他确实是,"扎姆说,"从好几方面看都是。"

我把鞋丢过去。没打中。

直到我站起身来,老鼠先生才钻进厕所下面的洞里匆忙逃走。我塞了几张《每日邮报》,把洞堵上。

太多刺激了,我们筋疲力尽。

闭上眼睛,一直往下滑。

今日天气预报:阴,晚些时候有雨。

想起了洁玛。上次凯丽带她来旺兹沃思。那时她五岁。现在该七岁了。外面世界的时间过得既快又慢。里面的世界里时间只是慢。慢得要命。洁玛来旺兹沃思的时候带着她的新小马宝莉,她过生日的时候凯丽买给她的,骗她说是我给她的。其实是从一元店买的假小马宝莉,但洁玛并不在意。她给它起名叫蓝莓闪电。她说它总的来说是匹很好的小马,只是有一点调皮,因为它在浴缸里尿尿。

"听听他们脱口而出的那些话,唉!"扎姆说。

||||||||||

第四天。骗子医生说:"威尔考克斯先生。我是黄医生。"

我看到口罩上方那双中国人的眼睛。我的喉咙很痛,但是现成的笑话我还是不能放过:"我宁愿看莱特医生。[1]"

"要是每听一遍这个笑话能挣十块钱,我早就在开曼群岛上住豪宅了。"他看起来还不赖。用一个塞进耳朵里的玩意儿给我量了体温。又测了心率。拿一根棉签伸进我鼻孔里转了转。"目前检测结果还是很不准,但是我会说你中了。"

"所以要把我转去有好多漂亮护士的诊所了?"

"漂亮护士有一半生病请假了,诊所满了。病房人满为患。只是有点不舒服的话,你还是留在这里扛一扛比较好。相信我。"

天气预报:今日后半程天气不稳定。

---

[1] 黄医生(Dr. Wong)谐音"错"医生(Dr. Wrong)。莱特医生(Dr. Right)也可以理解为"对"医生。

我的耳朵感觉怪怪的。扎姆问起在东伦敦为新冠专设的医院,他的声音听起来很远。

"他们不收服刑人员。"黄医生告诉我。

搞得我很恼火,这种事情。"他们是怕我偷自己的呼吸机上 eBay 卖掉吗?还是说咱这些女王陛下的客人不配像其他人那样活着?"

黄医生耸了耸肩。答案我俩都清楚。给我六支扑热息痛,六支舒喘宁,一小瓶可待因。

扎姆说他会监督我按说明服药。

"祝你好运,"黄医生说,"我很快会再来。"

然后又只剩我和扎姆两个人了。

管子里的水咕噜咕噜地响,声音跟呕吐似的。

保持警惕。喝点漂白水。

|||||||||||

六根肥大的香肠在煎锅上滋滋作响。我对凯丽讲了"我在监狱里的古怪噩梦"。关于拉弗蒂的公寓、监狱、扎姆,还有她,还有洁玛,还有史蒂文。天呐,感觉特像真的。凯丽大笑起来:"可怜的卢克……我不认识叫

史蒂文的人。"然后我走路送洁玛去吉尔伯特角上学。淡淡的绿色，郁郁葱葱的绿色。阳光照在我脸上。马在边上奔跑，像《荒野大镖客：救赎》[1]里那样。我告诉洁玛，我也上过圣加百利学校，在很久以前。那年我住在罗斯叔叔和道恩婶婶家里，就是这里，黑天鹅绿地。普拉特拉先生现在还在当校长，一点都没变老。他感谢我接受他的邀请。我告诉他，我上过的所有学校都是要么你欺负人、要么你被人欺负，圣加百利学校是唯一的例外。接着，我进了当年上学时的老教室。这里有我的表亲罗比和艾姆。还有乔伊·德林克沃特。杨樱。"新冠病毒改变我们的世界已有三十年了，"普拉特拉先生说，"但是那时的事卢克记得还像昨天一样清楚。对不对，卢克？"所有眼睛都看向我。看来那场病毒已经是历史课的内容了。我五十五岁了。时间在外面的世界过得飞快。然后我看到了他。在教室后面。两臂抱在胸前。他就是他，我就是我。我们两人是不用互相称呼名字的，我们俩。他脖子上的枪伤一张一合，像大卫·爱登堡[2]

---

1 Red Dead Redemption，一款西部动作冒险游戏。
2 BBC 著名主持人，制作过许多自然纪录片。

那张水下阀门似的嘴。我对他的脸比对我自己的更熟悉。静止不动，仿佛知晓一切，悲伤，沉默。他躺在拉弗蒂家的沙发上流干血死掉时就是这样一张脸。他的半个喉咙不见了。是他的枪。我们毛手毛脚地去拿枪。砰。该死，真希望那没有发生过。可如果愿望是马，那乞丐也能骑上高头大马四处逍遥了。我醒了。病得像狗。惨得像鬼。我的案卷要到三年后才会被假释委员会打开来看一眼。隔离的第五天。暴雨将至。打雷了。我为什么非得醒来不可？为什么？一天又一天。我再也受不了了。再也撑不下去了。

|||||||||

第六天。我想是第六天吧。刮大风。闪电像匕首一样一刀刀刺下来。我的身体是个运尸袋，里面装满了疼痛、滚烫的石子，还有我。向厕所走了三步，我已经不行了。好痛。呼吸好痛。不呼吸好痛。任何事情都他妈的好痛。现在是晚上，不是白天。第七夜。还是第八夜？扎姆说我脱水了。他叫我喝水。扎姆只在我睡觉的时候拉屎。真有礼貌。波哥·霍金斯早中晚都在拉

屎。老鼠先生比我先到早餐盒，啃了个洞，把香肠叼走了。我是不饿，但也没必要这样对我。我可能会死在这里，疫情结束前一直没人发现。只有老鼠先生知道我死了，老鼠先生和他饥饿的朋友们。要是我死在这里，洁玛会记得我什么？瘦得皮包骨头的光头党，穿着囚犯的睡衣，对着她画的妈妈、爸爸、洁玛和蓝莓在一起的图画哭着。再过几年，她会连这些也渐渐淡忘。我只是一个名字。是手机里的一张某天会被删掉的脸，是橱柜里的骷髅，是家族里的犯罪分子，是吸毒者和杀人犯。真好。以后洁玛再画全家福，画里会是她、她妈妈、史蒂文和她的小弟弟。不是"同母异父的弟弟"。就是"弟弟"。但是你知道吗？

"我知道什么？"扎姆把我的可待因倒在杯里，"喝吧。"

我吞了下去。"洁玛最好忘记我。"

"你怎么知道？"

"谁喂她吃饭？给她穿衣服？在冬天保证她暖和？给她买小马宝莉的魔法城堡？是模范公民史蒂文。项目经理史蒂文。工商管理专业的史蒂文。"

"哦，是吗，自怨自艾专业的卢克？"

"要是我能抬胳膊，我得揍你一顿。"

"就当你已经揍过了。但是这种问题是不是得问问洁玛的意见？"

"下次她来见我，我都三十多岁了。"

"老古董了。"扎姆比我大，看不出他到底多大。

"要是，要是运气好的话，到时候我会在亚马孙的奴隶矿井里工作。更有可能是在乐购外面乞讨，直到我再回这里。洁玛怎么会想说'这是我爸爸'？哪个女儿想有这样的爸爸？我怎么跟史蒂文比？"

"那就别比。你专心当好卢克。"

"卢克是个瘾君子、流浪汉、失败透顶的可怜虫。"

"卢克有很多面的，表现最好的那面。"

"你说话像 × 音素[1]的评委。"

"说话像 × 音素评委是好还是不好？"

"这样说话很容易。扎姆，你知道怎么说漂亮话。你有银行账户，有学历，有人脉，有安全网。等你出去的时候，你会有很多选择。等我出去的时候，我只有二十八块钱的出狱补助，还有……"我闭上了眼睛。这

---

[1] 一档音乐选秀节目，类似《中国好声音》。

里是拉弗蒂的公寓。这里躺着那个再也活不过来的人。死了。因为我。

"我们过去做的事不能决定我们是什么样的人，卢克。"

我的头脑像一个轻量级选手，和无敌浩克被关在同一个笼子里。浩克一个劲儿地打我，就是不肯停手。"你是什么样的人，扎姆？你他妈的是牧师吗？"

这是我第一次听到他大笑。

||||||||||

"早上好，威尔考克斯先生。"一双中国人的眼睛。下面是口罩。

烧已经退了。"莱特医生。"

"开曼群岛，我来啦。你还好吧？"

今日天气预报：有阳光的时候更多了，干爽。"还没死，感觉还成。多亏了扎姆护士。"

"很好。山姆是谁？"

"扎姆，Z开头的。"我指指上铺。

"我们现在在谈论……你的什么神明？或者你说的

是监狱长?"

我很迷惑。他也很迷惑。"不是的,扎姆。我狱友。"

"你狱友?在这里?在隔离牢房里?"

"现在讲鬼故事有点太迟了吧,医生。你上次见过他的。亚洲哥们儿。"我对着上面叫起来,"扎姆!出来!"

扎姆没出声。黄医生看起来愣住了。"这里是隔离区,我不会批准一间房里关两个人的。"

"但你他妈的就是批准了啊,医生。"

"要是有第三个人,上次我肯定会注意到的。这儿又没藏身的地方。"

厕所管子里的水咕噜咕噜地响,声音跟呕吐似的。

我叫起扎姆来:"扎姆,你能出来给他瞧瞧吗?"

我的牢友没有回答。睡着了?逗我玩?

黄医生露出担心的表情。"卢克,除了我开给你的药之外,你还接触过其他'娱乐性'更强的药物吗?我不会告诉看守。但是作为你的医生,我需要了解情况。"

"这他妈的一点也不好笑,扎姆……"我下床站起来看上铺。扎姆的床空着,没有床单,什么也没有。

SYSTEMS BY CHARLES YU

系 统

游朝凯

Charles Yu

美国作家。著有小说《科幻宇宙生存指南》《内景唐人街》,短篇小说集《三等超级英雄》《对不起,请,谢谢》。游朝凯现居加州尔湾。

他们需要彼此。喜欢在彼此身边。喜欢彼此触碰。

他们搜索:
哈里和梅根
蛤里和每根　加拿大[1]
新年愿望
新年愿望　多久

他们喜欢和家人在一起。他们喜欢和陌生人在一起。他们在小小的空间里工作。挤进盒子里,推开周围的空气。睡在盒子里。需要彼此。触碰彼此。他们在世

---

[1] 此处原文的"哈里"和"梅根"拼写都不对,所以译文也用别字。

界各处漫游。去世界上的每一个地方。就像我们一样。

他们搜索：
哈里和威廉
梅根和凯特
梅根和凯特不和
NFC 季后赛照片

他们问自己：
我应该害怕吗？
我应该多害怕？

他们问自己：什么是冠状病毒。冠状病毒是什么。怎么办奥斯卡派对。国情咨文。国情咨文什么时候。超级碗赔率。超级辣的豆泥。不太辣的豆泥。他们问自己该不该害怕，但他们已经在害怕。

他们有模式。周末。夏日计划。他们有他们做事的方式。他们觉得不能放弃那些东西。

他们有弱点。他们需要彼此。喜欢在彼此身边。发出声音。张开嘴，挤压周围的空气，对着彼此发出声音。哈哈哈是一种声音。谢谢你是一种声音。你看到梅根和哈里的新闻了吗是一种声音。

他们有系统。系统有压力。增长的压力，制造越来越多的东西。越来越多，越来越多，越来越多。

他们走进装着空气的盒子里。那些盒子里还有一个个更小的盒子。他们中的许多人爬进一个盒子里，坐在那里，共享空气。

他们的运动初看是随机的，但是仔细研究他们的运动就会发现那是有模式可循的系统。阳光让他们走出小盒子，沿着溪流一起朝前运动。巨大的溪流，有时他们会走很远，从家的小盒子里走到中枢或中心，在大盒子里聚集。地面上的溪流。他们还能在空中运动。他们自我分类，分工协作。他们的工作是制造越来越多的东西。越来越多，越来越多，越来越多。一整天，他们组成一个小组，然后解散，重新形成新的小组。空气被推动。发生一些触摸。他们在月光中沿着溪流流回自己的盒子里，或者去其他盒子里。

气温较高的时候，他们缩短待在盒子里的时间。气温较低的时候，他们加热他们的盒子。他们遵循地球、月亮和太阳的周期。他们中的许多人活了许多个周期。

他们搜索：第一次约会怎么安排。西班牙小食酒吧。西班牙小食市中心。附近的寿司。怎么判断他爱不爱我。怎么判断她爱不爱我。如何判断第一次约会是否成功。第二次约会怎么安排。意大利。意大利伦巴第。新冠病毒对比流感。新冠没那么可怕。

他们搜索：为什么有人说新冠没那么可怕。可信的新闻来源。福奇。福奇资质履历。福奇捂脸动图。福奇帅。福奇结婚了吗。

他们给自己分组。他们说：这些是"我们"，那些是"他们"。他们有时说谎。他们自发地传播一些东西。越来越多，越来越多，越来越多。

他们问自己：
谁发明了新冠病毒
WHO 发明新冠病毒

他们搜索：州长。封城。

他们改变了行为模式。

他们搜索：
两米是多远

他们问自己：Zoom 是什么。如何使用 Zoom。学校成绩。学校是否认可我的成绩。

他们搜索。他们寻找模式。他们收集数据。他们在数据中寻找模式，然后做出一些意想不到的事情：他们改变了自己的模式。不再流向大盒子。中枢空了。溪流消失了。空中迁徙也停止了。他们在小盒子里保持静止。

他们问自己：便宜的 Chromebook。Zoom 收费吗。孩子在家无聊。孩子在家无聊怎么安排活动。老师感谢信。向老师表达感谢。怎么种葱。葱长得有多快。二次方程。正弦余弦正切。怎么在孩子面前保持乐观。怎么在孩子面前假装乐观。封城还有多久。怎么跟孩子解释。

他们中较年长的独自坐在盒子里。盯着更小的盒子。他们中较年长的获取空气有困难。

他们找到了模式。但是他们中的一些人想找出更多模式：

当前显示"冠状病毒"的搜索结果

您是不是想搜：冠状病毒阴谋论

他们问自己：怎么剪头发。怎么给孩子剪头发。孩子的帽子。

他们中较年轻的搜索：宇航员采访。博物馆虚拟参观。我的学校什么时候开学。石头人和绿巨人打架谁会赢。绿巨人和没有锤子的雷神打架谁会赢。绿巨人、石头人、喝醉的雷神打架谁会赢。冠状病毒是真的吗。冠状病毒孩子。母亲节礼物。给妈妈买什么礼物。怎么给妈妈做不花钱的礼物。所有蜘蛛侠和绿巨人打架谁会赢。

他们需要彼此,喜欢彼此。他们想念彼此。

他们问自己:

猫会得抑郁症吗

他们搜索:

食物银行[1]捐赠。附近的食物银行。

什么是传染病大流行。什么是强制休假。如何保证孩子安全。如何保证老人安全。多老算老人。我是老人吗。

什么是

如何

能不能

---

1 向穷人免费发放食物的慈善机构。

我能不能

新增数字。数字上升。数字上涨。

新冠病毒多久出现症状。新冠病毒有疫苗吗？如何避免感染新冠？新冠是怎么开始的？新冠在恶化吗？什么是心理健康？如何判断自己有没有抑郁症？点哪种外卖最安全？

他们搜索：

止付指标

失业金止付指标是什么意思

失业办公室电话

列克星敦什么时候重开

弗林特什么时候重开

鲍灵格林什么时候能重开

气温升高时，他们再次改变模式。他们对温度敏感，他们缩短待在自己盒子里的时间。

他们中的许多人死了。他们死的时候会停止推动空气。他们死了以后就不再搜索东西。

天气变化后，他们的模式再次变化。在盒子里一动不动地待了好多个周期以后，他们开始往外跑。其中有些人很饥饿。

其中有些人很饥饿。他们重启了系统。慢慢地，溪流又出现了。压力又上升了。越来越多，越来越多，越来越多。他们制造食物。其中一些人有太多食物。其中一些人和其他人分享食物。其中一些人排队领取食物。

他们搜索：
猫患抑郁症还不好
现在是熊市吗
什么是熊市
什么是工资税减免
什么是戒严
如何就地避险
住在哪个城市最安全
多少度算发烧。什么是干咳。哪些活动算必要活动。

哪些地方开放了。什么是戒烟[1]。怎么制作洗手液。怎么缝口罩。可以用衣服当口罩吗。可以用内裤当口罩吗。什么是 N95。如何退热。一个人住。我一个人住怎么办。

他们分成许多子群。子群间事实上没有区别。从遗传学角度看没有区别。他们用看不见的信号帮助子群成员识别其他组员。他们自我分类。他们说：我们中这些是我们，我们中那些是他们。

他们有弱点。

有的激进好斗。有的迷茫困惑。有的记忆很短。有的不能改变自己的模式。他们有系统。空气的系统。信息的系统。思想的系统。

有些人享受呼吸的权利。

---

1 原文是 Marshall law，为 Martial law（戒严令）的误拼，故译文也用别字。

有些人不能呼吸。

有些人发出信号，其中包含关于环境的错误信息。

错误的信息在群体中快速传播。

错误的信息通过嘴或眼传播。

这些信号令一些人困惑。

他们中的另外一些在研究我们。

他们知道我们是什么：我们不能算是活物。我们是无形的。我们是信息。

他们有看不见的信号。

他们彼此交谈。他们推动空气。他们需要彼此，喜欢彼此。思念彼此，想着彼此。

他们驾驭着看不见的力量。电磁。光。他们像我们一样。他们有编码。符号序列编码。他们把信息编码然后传播。

他们可以待在小盒子里，用代码传输信号，从而协调彼此的活动。靠某种方法，他们既是一个整体，也是许多个体，同时还是一个整体。他们有粒子，他们能传输，他们有神奇的魔法。他们可以跨越时间和空间互相沟通。

他们有科学。

他们知道：

在人类基因中大约有百分之八是病毒DNA。

他们知道我们永不分离。知道我们没有子群。知道我们不分我们和他们。

他们搜索：

抗议示威地点

抗议示威安全吗

如何抗议示威

他们认识到：

传播方式是社区传播。

解决方式是社区解决。

他们会继续前进。从盒子里的盒子里的盒子里跑出来，走进阳光里。周期重新开始。他们把消息传递给彼此。他们中的一些人感到迷惑。他们中的一些人分享食物。他们会生产更多东西，越来越多，越来越多，越来越多。他们中的一些人会死去。他们中的一些人会饥饿。他们中的一些人会孤身一人。

系统仍是系统。但他们中的一些也许会改变系统。重建系统。产生新的模式。他们会再次飞上天空，再次在中枢聚集，成千上万地聚在一起，对着彼此推动空气，哈哈哈，还有他们对彼此发出的其他声音。他们用这些发送信号、传递看不见的东西。

有些东西不会改变。他们会继续需要彼此。喜欢彼此。想念彼此。他们会继续有弱点，也有长处。他们问自己：哈里和梅根现在怎么样。哈里和梅根接下来准备做什么。

THE PERFECT TRAVEL BUDDY
BY PAOLO GIORDANO

完美的旅伴[1]

---

[1] 原作以意大利语写成,由亚历克斯·瓦伦特(Alex Valente)翻译为英语。

保罗·乔尔达诺

Paolo Giordano

意大利著名作家、粒子物理学博士。著有《新冠时代的我们》《质数的孤独》《人体》《黑与银》《逆光之夏》。

禁欲自米凯莱到来之日开始。

米凯莱是我妻子的儿子。他搬去米兰上大学后,我和马维换了一处小一点的房子,专为两人同住设计的。自那以后,我们三人有四年没同住过了。

当北方的情况开始变得非常可怕时,米凯莱打电话给我。我今晚过来,他说。

为什么?

因为米兰不安全。

可火车上一定挤满了人。票也很贵。

火车也不安全。我搭别人的车回来。

我反对:有病毒的火车也比在陌生人的车里坐六个小时要好。

司机的评分很高,他说。

还有几小时我就该去接他了,我在马维身边躺下。我告诉她:我恐怕已经忘记三人该怎么住在同一个屋檐下。

不幸的是,我还没忘,她回答。你能把灯打开吗?

可我很紧张。我不能放过她。我们做了爱,几乎立刻就结束了。房子里的空气密度变了。我感到一种压力。

一定是因为焦虑,在从浴室走回床上的路上我这样说。

马维似乎已经睡着了。

对,一定是因为焦虑,我又说了一遍。因为流行病,还有各种事情。

她把手温柔地放到我胳膊上。我让胳膊在那停留了一会儿,然后起身准备出门。

||||||||||

我在我们约定的地点等米凯莱,罗马城外的一块空地,出了绕城公路很远。柏油路的裂缝里长着杂草,一家本地酒吧里的人盯着我看,大概是因为我已经在车里坐了三十分钟。而现在是凌晨三点。

我回想着与现在类似的时刻,米凯莱九岁、十岁、十一岁的时候。马维和她前夫总是选择这种令人不快的地方交换人质。购物中心的停车场，十字路口。我总是坐在自己的车里，假装自己不在那里。然后马维和米凯莱坐进我车里，一路上谁也不说话，直到车开到家。我精心挑选了车上播放的音乐，不要太悲伤，但也不要太高兴。我从未找到过真正合适的音乐。

我看着米凯莱从后备箱里拿出一个巨大的袋子。他打算住那么久？司机下了车，一个抱着小狗的年轻女人也下了车。他们友好地道了别。

几分钟后，我们在车里了。米凯莱不停地说那个女人的事。在博洛尼亚附近，她非要求绕一个毫无必要的弯子，而且她上车前没跟任何人提过她要带狗。要是他对狗过敏怎么办？

但是米凯莱对狗不过敏。他对猫过敏。我带他去看我父母时，他不肯进屋，坚持说猫毛会让他哮喘发作。

噼里啪啦地讲了一大堆后，他沉默了一阵。他看着车窗外，仔细研究城市的黑暗。

现在见不到他们出来了吧，是不是？他终于开口说道。

谁？

中国人。

米凯莱九岁、十岁、十一岁的时候不肯用宜家的餐具,因为他说那些餐具是中国制造的。我们从未成功消除中国和宜家之间的联系。最后我们放弃了,至少马维放弃了。她买了一套专门给他用的餐具,上面写着"意大利制造"。

他们没出来可能是因为现在是半夜,我说。

但他坚持:你必须承认我对他们的看法是对的。承认吧。

我没有承认,而是一直盯着他的手,追踪他在车里碰过的所有东西。

我终于忍不住说了出来:你的手消毒了吗?

当然。

我在心里无声地抗议着他的存在,仿佛为了回应我的抗议,他又说:我在拼车软件上有最高级别的评分。作为乘客的评分。看来我是一个完美的旅伴。

||||||||||

几天后,意大利成了一个巨大的红色区域。不再允

许跨区域旅行，所有人都不得离家超过两百米。所有人，不管他现在在哪儿，都必须"原地避难"。所有人，包括米凯莱。我们被困住了。

我从商店回来，告诉马维：我能在口罩里闻到自己的口气，有点臭。

她继续翻着她的杂志。

也许是缺乏阳光，我说。维生素D不足，你知道吧？

米凯莱光着上身穿过厨房。我想叫他穿上衣服，想告诉他我不喜欢他这样在家里走来走去，但在他刚起床的时候和他讲话从来不是一个好主意，所以我没有开口。

他看起来比我重。他的身体似乎占据了很大的空间。我突然想起几年前我也有过同样的念头，那时他的体积只有现在的三分之一，他当时以那种清晰、直白的方式恨着我，每个孩子一定都那样恨他或她的继父。

浴室的门刚一关上，我就转向马维：你看到了吗？他穿着我的袜子。

是我把袜子给他穿的，他没有带薄袜子。

但是我很在乎那些袜子。

她古怪地看着我：你很在乎那些袜子？

是的。我有点在乎。

别担心。袜子可以洗。

尽管我努力控制自己，我还是很恼火。因为我的口气，因为我的袜子，虽然我不确定我到底更在乎哪样。或者是因为自从米凯莱到这儿，我和马维就没碰过对方。我甚至不确定我和她越来越疏远的最大原因究竟是哪个：是米凯莱，是流行病，还是他到的那天晚上我最后一次灾难性的尝试。夜里，我盯着妻子的脊背，在卧室昏暗的灯光下，那看起来像一座高不可攀的山脊。

在那些时刻，我常想起某位音乐明星的访谈。我想是"9·11"事件刚过不久后我在《滚石》杂志上读到的。那位歌手说，面对高楼和浓烟的图像，他和他的伴侣开始疯狂做爱。一小时又一小时，不带停顿，他说。恐惧面前的性爱。用一种创造活动击退破坏和毁灭。宇宙的力量、爱欲、塔纳托斯[1]。总之就是那类东西。

我们也到了这样的时刻，我和马维。被困住。被分开。而外面的世界正变得越来越黑暗。

---

1 古希腊神话中的死神。

||||||||||

袜子只是一个开始。米凯莱会在多条战线上同时开疆辟土，我早就预料到了。

他迅速征用了家里唯一一条网速稳定的网线。因为他要上网课，他说。然后他把我的头戴式耳机也拿走了。

入耳式耳机用久了对他不好，马维说，她选择站在他那边。

家里唯一的阳台成了他的休息室。他每天都在栏杆上把白色的烟屁股排成一排；我把它们扔进垃圾桶前总是忍不住数他今天抽了多少根。我向他指出，风可能会把烟屁股吹到下面的阳台上，他告诉我那种可能性很小。

最后，他终于问他能不能用我的办公室。我还没来得及想出一个可行的理由拒绝他，他又说：反正你晚上也不工作。

那是封城后的第一个星期五。我不紧不慢地嚼着嘴里的鸡肉。

你要用它做什么？

用来开家庭聚会。

我根本不知道他在说什么,但我什么也没说。那只会削弱我的地位。

你那房间比较安静,米凯莱又说。

我当然知道。所以我才会用那间房做办公室好吗。

马维失望地看了我一眼,于是我站起来打开冰箱。其实我并不打算在冰箱里找什么东西。冰箱里有六罐特南特超强力啤酒,那是他今晚的储备。

家庭聚会,我对自己咕哝。

那天晚些时候,我调高电视的音量,为的是盖住米凯莱的笑声,还有从他的笔记本扬声器里传出的音乐。他越开心越尽兴,我的心情就越低落。

听他直播他的派对,你不觉得难受吗?我对马维说。

他也需要有个跟朋友发泄情绪的渠道。他们都离他很远,他很想他们。

他可以安静地想他们!我差点这样说。

但我实际说出的话是:这让我想起我在车里等他从酒吧里出来的那些个晚上。

因为,突然之间,我跟马维、米凯莱一起度过的所有岁月都浓缩成了一件事：无休无止的等待。在酒吧门口等待，在停车场里等待，在卧室里等待，周围没有一丝声音；等他长大，这样我和马维才可以像夫妻一样，真正过上二人世界。等待我们变老，才能过上年轻恋人的生活。为什么我们的生活全是倒着走的？为什么就在我们以为终于熬出头的时候，我们又回到了原点？自怜的情绪像安抚的潮水，我沉溺其中，任自己被它淹没。

你也就等过大概四次吧，马维说。

我把音量又调高了一点。

不，我咕哝道。远远不止四次。

||||||||||

第二天早晨，我仔细研究了白色的桌面。空啤酒罐留下的琥珀色圆圈清晰可见。我从橱柜里拿出抹布，非常卖力地表演了一番擦桌子，确保马维看见了。

他一点都没变，她叹道。我会叫他不要再用你的办公室。

完全不用，我答道。他也需要有个跟朋友发泄情绪的渠道。

我的办公室里又开了九次周五家庭派对。又过了九周，完全相同的一天又一天，完全相同的一夜又一夜。我和马维不做爱的最长记录，连尝试都没有。我们从不提这个话题。假如我们谈起这个话题，就会互相说服这是因为现在的环境不太适合做爱。然后我们会觉得更糟糕，因为我们说了谎。

在第七十一个晚上，我躺在床上，望着她山脊般的脊背，想象着我自己被《滚石》杂志采访时会怎么说：

你对大流行的反应是什么？

就是不动。

封城解除以后，你要做的第一件事是什么？

去看男科医生。

我不时听到米凯莱男中音般的笑声。他很快就会搬回米兰，开始下一个阶段。难道那座城市突然变安全了？不是的。据他（以几乎带着内疚的语气）解释，是因为他已经不再习惯我们三人住在一起这么久了。我想象着这座房子因没有他而空出一大块空间，想象自己躺在这张床上的同一个位置，我等着如释重负的感觉，可那感觉一直没出现。相反，我觉得不安，而且那种不安每分钟都在变得更加强烈。

新增感染人数在下降。我已经看到一些本地店主打扫商店，准备重新开张。恢复生活的兴奋之情无处不在，在我周围的空气里嗡嗡作响。可我却躺在自己的床上，希望感染人数再次上升，希望封城令永不撤销，希望大流行一直持续到时间的尽头，希望米凯莱永远不要回米兰，希望他每天都熬夜，在我的办公桌上搞在线狂欢。否则我和马维就得面对彼此，问我们之间到底发生了什么？为什么上次性爱如此糟糕，之后又完全停止？面对恐惧，我们为什么没有做爱？

窗户开着，我却突然发现自己正像缺氧般大口喘气。我掀开被单，坐了起来。

睡不着吗？马维从床遥远的另一端问我。

我渴了。

我走向厨房。米凯莱在厨房里，捧着一大桶冰激凌吃着。我拿出一个杯子，倒满水，在他对面坐下。

今天不开家庭派对？我问。

今天没那个心情。

他从来不肯等冰激凌解冻，所以正拿着勺子对桶里猛戳，仿佛在使一把匕首。他一向这样。我想告诉他这样会把金属弄弯，还想告诉他他正在用宜家的勺子却没抱怨。但我选择保持沉默。

我遇到一个女孩。我们进了一个私人聊天室。她想要……嗯。但是我没那个心情。

他没有看我。如果他看我，就会看到我脸上的迷惑。令我迷惑的不是谈话本身，而是在此刻之前我从未想过这种可能性：在这种情况下遇见一个人，在封城期间，在家庭派对上，甚至还能跟对方做爱。然而，当他带着二十二岁的幼稚与开朗这么说，我觉得那是完全自然的事情。

我喜欢她，但是我不是那么简单的人，他继续说道。屏幕让我对那种事情紧张。每个人都有自己的想法，你知道吧？

他不等我回答就把冰激凌桶朝我这边推了推。

剩下的给你吃吧，他说。这是咸焦糖味的，要是你问我，我会说这是最好吃的口味。

我盯着那个沾满冰激凌和口水的勺子。感染风险极高。我想站起来拿一把干净的勺子，可米凯莱正看着我，以那种天真无辜的眼神。于是我拿起勺子，放进嘴里。一次，然后又一次。

你总是把旁边都挖干净，对不对？他指出。我可不管，我就直接从中间开干。

他走了。我把冰激凌吃完，本来剩的就不多。然后我回到床上。

怎么去了那么久？马维问。

没什么。只是吃了点冰激凌。

我抬起手抚摸她山脊般的背部。我轻轻擦过中间的部分，就在她衣服柔软的褶皱之下。

好痒，她说。

希望我停下吗？

不。

乐于助人的强盗[1]

[1] 原作以葡萄牙语写成,由大卫·布鲁克肖翻译为英语。

米亚·科托

Mia Couto

莫桑比克作家、环境生物学家。莫桑比克最重要的作家之一,代表作品有《梦游之地》(台版《梦游的大地》)《耶稣撒冷》《母狮的忏悔》等。

有人敲门。好吧,用"敲门"来形容那动静稍微委婉了一点。我的住处远离所有人类,战争和饥馑是我唯一的访客。然而,此刻,在又一个漫长如永恒的下午,某个人正在用脚狂轰我的门。我跑过去。好吧,用"跑"来形容我的动作也稍微委婉了一点。我拖着沉重的双脚,拖鞋在木地板上吱嘎作响。在我这个年龄,这已是尽我所能。当人们望向地面,看见深渊时,他们便开始衰老。

我打开门。一个戴面罩的男人。他一看见我就大叫起来:"两米,保持两米距离!"

如果他是个强盗,那他现在怕得厉害。他的恐惧让我不安。害怕的强盗是最危险的强盗。他从口袋里掏出一把手枪。他把枪口对准我。但那是把滑稽的武器:白色塑料做的，发出一道绿光。他用手枪指着我的脸，我闭上眼睛，我很顺从。绿光照在我脸上，几乎像一种爱抚。如果我这样死去，说明上帝回应了我的祈祷。

戴面罩的男人说话声音柔和，样子也很可亲。但我不会让自己上当：最残忍的士兵总以天使般的态度接近我。但我已太久没和任何人接触，所以我竟陪他玩起这个游戏。

我请访客放下手枪，坐到我家剩下的最后一把椅子上。这时我才注意到，他的鞋子上裹着某种塑料袋似的东西。他的意图很明显：不想留下任何脚印。我请他摘下面罩，向他保证他可以信任我。男人悲伤地笑了，喃喃自语道：如今任何人都不能信任，谁也不知道自己体内携带着什么。他的信息很隐晦，但我听懂了：他认为我凄惨的皮囊之下藏着无价的珍宝。

他环顾四周，找不到一件可偷的东西。最后他只得开口解释自己的来意。他说他在卫生部门工作。我笑了，他是个年轻的强盗，他不懂如何说谎。他说他的上司十分担心，因为一种严重的疾病正如野火般蔓延。我假装相信他。我得过天花，差点死了，可有人来看过我？我的妻子死于结核病，可有人来问过我们？疟疾带走了我唯一的儿子，我独自一人将他埋葬。我的邻居们死于艾滋病，没有人有兴趣了解情况。我死去的妻子曾说，都是我们的错，因为我们选择住在远离医院的地方。她，可怜的人，她不知道情况恰恰相反。不是我们选择远离医院，而是医院选择建在远离穷人的地方。医院向来如此。我不怪它们。我和它们一样，我是说和医院一样，我自己收治自己，自己照顾自己的病。

说谎的强盗还不肯放弃。他换了种方法，但还是一样笨拙。他试图为自己的行为辩解：用枪指着我是为了测我发不发烧。他说我没事，他这样宣布时脸上挂着白痴般的微笑。我假装松了口气。他想知道我有没有咳嗽。我不屑地笑了。我差点因为咳嗽进了坟墓，那是二十年前，我从矿区回来。自那以后，我的肋骨几乎不能动，现在我的胸腔里只剩灰尘和石头。如果哪天我再开始咳嗽，那一定是为了吸引站在天堂门口的圣彼得注意到我。

"你看起来不像有病，"冒牌货向我宣布，"但你也许是无症状携带者。"

"携带者？"我问，"携带什么东西？看在上帝的分上，你可以搜我的房子。我是个诚实可靠的人，我几乎从不出门。"

访客笑了，问我识不识字。我耸耸肩。他把一份文件放在桌上，上面写着如何保持卫生。他还给我一个装着肥皂的盒子，和一个小瓶，他说里面装的是"含酒精溶液"。可怜的家伙，他一定以为我像所有孤独的老头一样嗜酒。闯入者离开时对我说：

"一周后，我会再来看你。"

这一刻，我恍然大悟。我知道访客说的疾病是什么了。我对这种病十分熟悉。这种病叫冷漠。要想治疗这种流行病，他们需要建一座和整个世界一样大的医院。

我没有服从他的指令，而是走上前去给了他一个拥抱。男人极力抗拒，从我的怀抱中挣脱。他回到车里，飞快地剥去身上的衣服。他从那衣服中逃离，如同逃离瘟疫——那种瘟疫叫贫穷。

我微笑着挥手与他告别。经过多年的苦痛煎熬，我终于与人类和解：这么笨的强盗一定是个好人。等他下周再来看我时，我会允许他偷走我卧室里的旧电视。

SLEEP BY UZODINMA IWEALA

睡 眠

乌佐丁玛·伊维拉

Uzodinma Iweala

美籍尼日利亚作家,医学博士,非洲中心首席执行官。著有《无境之兽》《我的同胞们》《非礼勿言》。伊维拉现居美国纽约。

我哪天醒的？明天，对——星期三，醒来时觉得身边什么也没有，然后感到几种转瞬即逝的情绪：遭背叛的感觉，然后是气愤——显然是正当的气愤。明天会让今天变成昨天，变成生命中普普通通的一天，不会被永远铭记的一天，不是给手指做上标记的特别的一天。也许和那种日子一样盛大、明亮、闪闪发光，也许更微妙、优雅，也许根本不在我的手指上。也许只是一个念头——安全感。只是一个念头——幸福。只是一个念头——爱。只是一个念头——永远——会被记住，在所有那些时刻之前，那些过去的时刻，那些我们共同拥有过的珍贵的时刻。那些微笑、拥抱、亲吻、结合——那么多的结合。

明天我将在夏日柔软的阳光中醒来，感到洒在我脸上的温暖，感到洒在我身上的温暖，感到空调吹出的干燥凉爽的空气。明亮而清澈的光打在你的空枕头上，在那光线里，你的头发会从枕套上长出来，像卷曲的黑色新芽。你会早早秃顶。因为压力，但你知道，当你头发全部消失，当我全部消失，我仍会爱你。我会微笑着——不，大笑着——把我的身体铺展在你留下的、仍然温热的凹痕上，我想看看躺在你曾在的地方能不能让我变成你。可没有那样好的运气。我运气不好。我从来不喜欢你的床单。因为你走以后，你的床单，它们那么快就变得那么冷。

我会再次孤独一人，只有我的思绪相伴，只有我的渴望相伴，只有我的不安全感和一大堆忧伤的东西相伴。然后我会想，这就是和解的最深处了。回归原状？你在天亮之前就去工作了，只留下你曾经存在过的一点痕迹——床铺上，我的身边，你渐渐退去的热度，而我又开始独自思考，生活会变得更好吗？如果我们正式结合，被国家、上帝或众神承认，生活会变得更好吗？是的，你和我结合在一起。是的，于是我正式变得完整了，不知为什么。可是明天，我害怕明天就像今天、就像昨天一样，没有那样好的运气。明天我会想，我从来不喜欢你的床单。因为它们和你在医院里穿的工作服是同一种绿色，你的床单，它们提醒我，对你而言，工作等于生活，生活等于受苦和一大堆忧伤的东西。

明天起床时，我会感到阳光照在我的乳房上，会感到阳光照在我的肚子上，会感到阳光照在我两腿间剃得干干净净的三角区上。这样的阳光让我想起昨晚错失的机会，转瞬即逝的欲望，然后是渴望——你的肉体，我的肉体，你和我结合，是的，和我，有那么一会儿，我正式变得完整了，不知为什么。但那都是昨天的事，明天会成为今天，我会在从床走向浴室的路上想，我总是太冲动，有太多短暂的热情——也许因为我是这样的人，你才不能和我结婚。也许我们太不相配。

整个房间都是我短暂的热情——你墙上的画，古代艺术的现代复制品，艺术家朋友的原作，我的衣服扔在各种各样的家具上，棕色皮革的旧软靠椅上有一件衬衣，床脚边有一条牛仔裤，废纸篓旁扔着内裤。我短暂的热情一路撒到浴室，那面我找来的锈迹斑斑的镶黄铜边的镜子，你恨它，我爱它，你说那面镜子让你觉得时光仿佛倒流了七十年，还让你觉得自己看起来就像是满是划痕的旧照片里的黑人管家。没有那样好的运气。多么奇妙的好运气。你从来不喜欢我们的历史——我的历史，因为它把国王变成奴仆，却把疯子变成国王。

明天我会看着那面镜子，想到你说要换掉它，我已经听累了。我会看着镜子里的自己，看我眼皮上细细的褶皱，看我眼角浅浅的鱼尾纹。我会顺着我的身体向下看，越过肚脐下方的凹陷，看向那块没有毛发的地方，就在我双腿间的三角区上方，那里如此敏感，被手指轻触就会变红。我会用手掌覆盖那一小块地方，想象那里被一只小脚轻轻地踢一下。我会想，托比——我已经不年轻了。我会喃喃自语。这里没有永远。

我会看着镜子，想到你很快就能换掉它。我会看着镜子里的自己，我白色的脸，现在红红的，布满泪痕，很难看，我会看着皮肤下面破裂的小血管，心想——至少我脸上还有点血色。我会看着镜子里的自己，我白色的脸，现在红红的，布满泪痕，很难看，我会看着皮肤下面破裂的小血管，心想，托比，对你而言，我只有白色的皮肤吗？

在坏的日子里，我总是这么想。在好的日子里，我有时这么想。但除此之外，还有一些更煽情的时刻。

我会对自己说，你啊，可怜的小东西。我会赤身裸体地站在那里,双臂在乳房上交叉,抱住自己,看着镜中的自己问着自己,托比,对你而言,我只有白色的皮肤吗?我会说,阿什利,别这样。穿上衣服。你不能再这样下去了。再哪样下去?我问自己。就像现在这样,我会说,麻痹自己,把生活过得像一出戏。如果你爱他,就不要离开他。如果你这次离开他,就不要再去烦他。世界上还有其他恋情。我会在床上坐下,坐在你躺过的地方,然后我会想,再也不会有人像你一样了。我会说,可是我很害怕,我的声音再低八度的话就会完全听不见。

我会冲个澡,让水从我头发上滴落,滴到地上,滴到床上,滴得地毯上到处都是,滴在梳妆台上——桃花心木的梳妆台,你奶奶送给你妈妈的,我曾希望你妈妈有一天能送给我。没有那样的好运气。我运气不好。我把我的身体铺展在你留下的、仍然温热的凹痕上。我想看看,躺在你曾在的地方,这会不会让我觉得我仍和你在一起。没有那样的好运气。我运气不好。我喃喃自语,我从来不喜欢我们的床单——你的床单。我喃喃自语,打破这个循环吧。这里有太多历史。

但那是明天的事,今晚,在警笛的尖叫、直升机的轰鸣和灼热的吟唱里，有那么一会儿，你有节奏地呼吸着，我不稳定地呼吸着。你在我身上。你的身体紧贴我的身体。汗水的气味、性的气味，还有所有那些感觉——你的皮肤在我的指甲之下，你的手环绕我的喉咙。托比。停下，我叫你停下。为什么？你问我，为什么？

因为现在，某种坚硬的东西鲠在我们之间。

托比，诚实地回答我，我说。托比，你想过跟我结婚吗？你沉默不语。你没有发出任何声音。我们两人之间只有你灼热的呼吸和那种坚硬的东西。托比，我说。我问托比，对你而言，我只有白色的皮肤吗？沉默。翻身。你把身体蜷在两腿之间。

我想到那些坏的日子。我想到那些好的日子。我想到那些更煽情的时刻。我想到眼泪。我想到微笑。我想到爱和爱应该带来的生命。但那都是未来的事。过去，一切都不一样——我想。

|||||||||

然后，我说，随你便吧。我们睡觉吧。你挂断了，

我也挂断了，我又是独自一人了。我把手掌枕在脑后，沉进床单里，这些床单曾被你的身体温暖过、弄皱过，曾因为你而缠结在一起，在所有错误的地方形成恼人的形状——我下巴之下的一个结，我双腿之间的一团——现在它们平整了，毫不兴奋，毫不令人兴奋。我在你的位置上放一个枕头，再用床单把它层层裹起，我想，如果放在你躺过的地方，至少我会在梦里以为你躺在我身边。我没有梦见你躺在我身边。当阳光温暖我的眼皮，让我眼前出现一片明亮的橘色，我醒过来。我想，哦，见鬼，我迟到了，我完蛋了。

我的脚越过床沿，落在地上，没有落到书本上、鞋子上、内裤上、衬衣上或者钢笔上。我再次松了一口气，因为我没有损坏任何东西，没有洒落任何东西，我的手机上不会有任何信息，说我搞乱了你的生活。我本该觉得高兴，可这空间里没有你的东西，我觉得自己仿佛站在熟睡的你的上方，俯视你浅而快的呼吸一次次骚扰你的嘴唇。你，神秘的，神奇的，我的爱，我的生命。我会想——你真的是我的爱，我的生命吗？但这问题不容易回答。

我快速刷完牙，可我吐出的白色泡沫聚在排水口不愿流走。我打开水龙头，白色的泡沫还是不肯消失。我把排水塞整个拔起来，两端挂着你的头发，湿漉漉地缠绕在一起，它拖慢了我今天的进度。我打了个寒战，把整团东西扔进废纸篓。我洗了脸，在你的镜子里审视我脸上的瑕疵，然后冲出前门。

想象一下我有多惊讶，当我发现你坐在走廊上。我不想吵醒你，你说。我又看了你一眼，目光转向门，又转回你身上，你把双臂放在膝盖上，你的眼睛、鼻孔、嘴唇拉出一个巨大的、无声的"求求你"。你那讨厌的、似笑非笑的表情。

你把手伸向我，我也把手伸向你，越过把我们分开的走廊，越过空气中央被阳光照亮的尘埃，它们在一条条缓慢的溪流中跳着舞。你白色的双手，我黑色的双手，然后是两双紧握的手，然后是一个拥抱。我感到你的呼吸触碰我的皮肤，我想着爱、安慰、欲望或者所有这些东西——当你的腹部触到我的腹部，我们亲吻，你的味道和昨天一样。我不在乎，我怎么会在乎？你把我推回公寓里。你把手放在我脸上，包裹住我的脸颊。你说，我想要你，托比。我感觉到你的手抚过我的胸口、我的腹部，然后再低一点，哄骗着，爱抚着，我想着你赤裸地躺在地上,我赤裸地躺在地上,我们一起,一丝不挂。我被你凶猛的攻袭击溃,我混乱了。我对你说,停下,阿什利,停下。为什么,你问我,为什么?

因为你总是消失,只要我们中间出现坚硬的东西你就会消失。

因为我已经迟到了,我说。

对,你说。托比。是我,阿什利——你以前的女友,你以后的女友,神秘的,神奇的,你的爱,你的生命,你昨天晚上乞求她回来的那个人。你见到我不高兴吗?

见到你高兴吗?那一刻,我说我很高兴,我相信自己真的很高兴。见到你高兴吗——当然高兴。再也不会回到这因没有你而空空荡荡,却被你的存在填满的地方——我身边的枕头上有你的头发、我的头发,梳子上有你的头发,洗手池边摆着你的除臭剂、润肤露、香水,还有一大堆薰衣草香型的东西。见到你高兴吗?是的,当然,因为如果你在这里,我却不能拥有你,那就太过分了。太完美了——与我在某些时刻曾幻想的、希望的一模一样——太荒谬了。

我只是很吃惊。我没想到你会来,我说。但我来了，你说。你紧紧地压向我，把衣帽间的门弄得嘎嘎作响。你的手指沿着我的胸口向下滑，你轻声细语，你回家的时候我会在这等你。我爱你。

我说，我也爱你，阿什利。

在医院里我没法集中精神，但所有人都以为我的混乱是因为这阵子责任太重、情况太复杂，我撑不住了。主治医师棕色的卷发里有一小缕白发垂到他的眼镜上，在一个安静的时刻，他把手掌放在我肩上，说，不会永远这样的。这些，也会过去的。他说，只要有人，就有希望。我想要相信他，但对你的思念让我分了神。

我回家时你坐在床沿上，窗户开着，你在黑暗中凝视窗外。我得冲个澡，我说。你没有回答。我从浴室里出来，腰上裹着浴巾，水沿着我的脊椎流向那些难以触及的地方。你问，你听到他们在喊叫吗？我把你从床上拉起来，吻了你。我的手顺着你白色的长腿向上扫，那皮肤如此苍白，下面蓝色的血管像闪电般绽开。我发着抖——是因为兴奋，还是因为厌恶？我掀起你的背心，露出你肚脐的凹陷，露出胸罩在你乳房下面留下的红色印记，还有你乳头周围的斑点。你踢掉你的内裤，让它飞向废纸篓，然后把我拉近你。现在，我有节奏地呼吸着，你不稳定地呼吸着，直到你告诉我，停下。你说，停下。

为什么，我问你，为什么？

你沉默不语，你没有发出任何声音，我想，是因为我们被某种坚硬的东西隔开了。现在我们就这样躺着——面对彼此，你知道我很兴奋，我也知道我很兴奋，你不愿意做爱，我不愿意抵制我的冲动——我们都盯着黑暗的深处，世界在燃烧，我想，忘记爱，忘记激情，忘记性的和解和所有亲密的东西。然后，我想，随你便吧，我们睡觉吧。

托比，诚实地回答我，你说。托比，你想过跟我结婚吗？然后你轻声说，对你而言，我只有白色的皮肤吗？

你总是问这种问题，因为你以为答案很简单，你以为我可以先说是，再说不是，你以为我可以学会用爱征服上千年的仇恨，还有其他鲠在我们中间的坚硬的东西。

曾经，你会因为我们现在做的事情进监狱，我会因为我们现在做的事情进监狱。曾经，他们会把我吊在树上，割开我的阴囊，让重力撕裂我的睾丸。[1]

但那都是过去的事——我想。未来，一切都会不一样——我想。

---

[1] 过去，和白人发生性关系的黑人可能遭受非常残酷的私刑。不少和白人妇女有染的黑人男子被种族主义者吊死在树上，割开阴囊。

THE ✸ CELLAR
BY DINA NAYERI

地窖

蒂娜·奈叶利
Dina Nayeri

伊朗裔美国作家。著有《忘恩负义的难民》《避难所》。她的作品收录于《美国最佳短篇小说集》《欧·亨利奖小说集》。

"这不算什么。"全巴黎即将撤入室内的前一天晚上,卡姆兰说。

埋头疾走的希拉抬起头。"我拒绝向警察出示证件。"她瞥了一眼努欣,轻声说,"他们总是很年轻……只是一群拿枪的小男孩,而且几乎连枪都拿不动。"

历史已让他们训练有素,卡姆兰提醒同伴,不管是对封城、对饥荒还是对耀武扬威的警察。不管有没有病毒大流行,反正他们正在休学术假[1]。他们会享受这座新城,只是少下几趟馆子而已。他们要救活窗台上的天竺葵,把房东发霉的床单拿出去晾晒。"看看那片天,像熟透的葡萄柚。没有什么能毁掉这么美的天空。"

---

[1] 大学老师的一种带薪假期,通常为期六个月。

"下一步是什么……着装规定？毛拉？妇女检查？"希拉一边喃喃自语，一边忆起过去的屈辱，她曾填写假的出生日期，还把门牌号码去掉一位。

"爸爸，"努欣说，四岁的她已有了新生的警觉，"如果我们不出去，会被剥光衣服的。"

每日死亡人数让卡姆兰和希拉想起战时的德黑兰。那是二十世纪八十年代，他们正在童年的尾巴上，口袋还因为老装着酸角而黏糊糊的，但他们已经像大人们一样，每晚表演一种沉痛严肃的仪式——查看BBC公布的死亡人数。伊斯兰共和国的新闻永远在撒谎，卡姆兰和希拉已经既不责怪也不相信它。他们只是每天等父亲把广播调到BBC，然后一边听一边努力不去看身边的人。

私下里，其实每个人都怀疑新冠死亡人数是否真实，他们沉浸在短暂的想象中，但又认为那种想象是拜革命和战争中的童年所赐。卡姆兰开玩笑说，现代伊拉克人真幸运，因为这次又有人专门编造虚假的死亡数字来哄他们开心。但他们每晚尽职尽责地互相提醒：BBC知道真实数据。

他们取笑那些为面包和意大利面恐慌的朋友。"太业余了，"卡姆兰说，"要是哪天开始搞商品配给，他们得集体患上动脉瘤。"卡姆兰记得，战争刚开始的时候，有一次爸爸出门去买牛奶，却买回来三个苍蝇拍、一罐灭蚊剂、一把铲子和一堆鱼钩。因为店里在搞捆绑销售。

"我怀念那些日子，"希拉叹了口气，又突然刹住自己的话，"我不是说……"

"我也是，"卡姆兰说，顿了一下。"有装修好的地下室，"他说，"还有一个地窖。"他笑了，一种淫邪的、暗示性的笑，像是换了个人。那暗示像鼓点一样敲在她心上，让所有东西加速。

他们就这样跌进了回忆的兔子洞，一连几天爬不出来，却还要在努欣面前装作没事。他们用毛毯搭建堡垒，为疲惫的一线工作人员喝彩，为备受摧残的祖国洒泪。想到那些邪恶的小球用獠牙刺穿她母亲的细胞，希拉感到异常痛苦。困在德黑兰的公寓里出不了门，靠邻居过活，也许她就会这样失去母亲。

为了分散注意力，他们浏览书架。破旧而高雅的波兰语书和法语书堆成了山，把整个公寓压得吱嘎作响。米沃什和辛波斯卡的诗，布鲁诺·舒尔茨，西蒙娜·韦伊，还有若干关于军事策略、中医和地图历史的书籍出乎预料地混在一起。他们挥霍着时光，臣服于面前的事实：在纽约疯狂学习了这么多年，他们早就渴望读读这样的闲书。新的张力既让他们兴奋也令他们不安，就如几十年前一样。在每个白天那崭新的单调无聊中，他们小心翼翼地捧着那种张力，仿佛捧着一条刚抓到的鱼，它脆弱但又活蹦乱跳。

一天早晨，煮蛋器响起时，希拉正用手指滑过一本闪亮的黑色图画书，试图读出写在童话场景上的金色草书。她觉得那是一本童书，就拿到餐桌上。卡姆兰走进来的时候，努欣已经把第一章读得差不多了。"这么说，你觉得她现在这个年纪读花木兰还太早，但读古代法语色情读物倒不要紧？"

希拉从女儿手中一把夺过书。《爱欲的五种感觉》。这标题下面画着一个女孩，白雪公主般的脸蛋，活泼的卷发，她躺在草地上，衬裙掀了起来，一个仪态斯文的潘神状生物正用一根装饰华美的羽毛细心地照料她。希拉睁大眼睛，红着脸看了很久，蛋黄渗出来，流到她手上。

"公主是不是肚子疼？"努欣边说边伸长脖子想看

得更清楚。

卡姆兰翻开内封。"1988年，法国人出版了这本书，而当时我们的毛拉却告诉我们，地震的时候摔倒在姑妈身上不算犯罪。"革命发生后，神职人员出现在电视上，提供伊斯兰教义在日常生活中的实际应用。那些讲解细致到了古怪的程度，几乎像是带着爱意的深情叮嘱。上蹲厕的时候应先迈左脚，这样万一心脏病突然发作，你就不会跌进坑里。"我们对自己的设备知之甚少，你记得这个吗？"

那天下午，他们在走廊里撞上了。希拉还没从尴尬里缓过来，所以故意把目光看向别处。但他把她拉近，他温暖的脸颊贴着她的脸。"你十天没出门了，"他在她的发丝边低语，"你会被剥光衣服的。"她还来不及适应这久违的亲密，一声愤怒的呼喝就像鞭子般抽了过来。"不行！"努欣站在浴室门口气冲冲地瞪着这边，内裤挂在脚踝上，双手紧紧抓着裙子。

"你不准亲她！"她说，嘴唇发抖，眼里噙着泪。"她不是公主。"她小小的胸膛上下起伏着，像是受了巨大的打击。她低声说了两遍："你得向我道歉。"

想到女儿刚刚萌芽的尊严，希拉连忙冲过去帮她穿好内裤。"在家才待了两周,"她小声说,"我们就把她的性观念永远搞坏了。"

"我们的父母也把我们的性观念搞坏了。"卡姆兰边说边抱起女儿。

努欣看过他们相爱的样子吗?太羞耻了,希拉不好意思开口问。他们并肩奋斗了许多年,两人都忙于自己的事业、博士后学业,还有朋友。结婚以后,又有了努欣,性爱就这样无声无息地悄悄消失了。没有了压迫,没有了挣扎,性爱也失去了革命的热情。

那天晚上,把努欣哄睡以后,卡姆兰转头对希拉说:"想讲讲上次的故事吗?"她说:"我想我的故事不适合现在。"整整一天,她只渴望独自坐一会儿,想想十五岁时在防空洞里的感觉。

但卡姆兰没有听她的,而是自顾自地回忆了十三岁的那一天。他们在德黑兰的街道上走着。一个十几岁的伊斯兰革命卫队小将训斥了他们一个小时,直到卡姆兰让他相信他们两人是表兄妹。回家的路上两人都快哭了,没有心力去安慰对方,卡姆兰走在她前面几步,希拉愤怒地控诉着黑白颠倒的世界:她必须戴头巾;那人明明只是个半大的男孩,却敢像父亲一样斥责她。然后两人站在门厅里，盯着他们磨损的鞋子，直到防空警报响起，邻居们像潮水一样涌向地下室。一股由父母、可敬的叔叔婶婶和一个紧紧抓住黑色罩袍，被儿子抱下楼的跛脚老祖母组成的浪潮把他们抬起来，冲向地下室。

希拉呼出一口气："然后我们发现了地窖。"同地窖一同被发现的还有，因他们错误的反应而建立起的血亲关系，然后身体做出了糟糕的选择：臣服于避难所，在死亡和哀悼的时刻活过来。他吻了她的掌心："待在里面别出去。明天我给你买维生素 D。"

‖‖‖‖‖‖‖‖‖‖

"你还记得老奶奶把防空洞布置成什么样吗？"她问，想象那地下室就在她脚下——法国的地窖是什么样的？会像家乡的地窖一样充满糖和烧热的陶土的气味，还是只是布满蛛网和已经变硬结块的足印？"你还记得那里的楼梯吗？"每一级台阶上放着一罐泡菜。封口玻璃罐胖的胖，瘦的瘦，一块布衬在盖子下面，将其拧紧。玻璃罐像阿拉伯王子般一字排开，等着父王的征召。

"我想念那些老奶奶。上天不允许我们在战争中没有泡菜吃。"

"我要在封城期间把眉毛养长些。"希拉说。

"你的眉毛很美。"卡姆兰说。他用手掌包住她的脸颊，然后用拇指摩挲着，仿佛在帮她抹防晒油。

"还记得吗，为了骗过爸爸，我每次只能拔三根眉毛？"好女孩在婚礼前不能拔掉身体上的任何一根毛。所以希拉只好和母亲合谋，藏起她越来越稀疏的眉毛，不让楼里那些充满警惕的父亲和兄弟发现。如果一大块黑色毛发从你脸上消失，即使最笨的男人也会发觉。但只要一根一根地慢慢掉，那我们说什么就是什么。我们可以传播谣言：那可怜的姑娘得了甲状腺功能减退症。

啊，妈妈，请坚持住……相信那些数字……待在里面不要出来。

"最后一次，在地窖之后，"希拉说，"我父母对我大喊大叫了三个小时。"

"我父母一直担心我会被送上战场。"卡姆兰说。

他们为什么失联了那么久？"没有战争的生活。"卡姆兰说。

"太可怕了。"她说，"那不是我们。"

"我想也许那就是我们。我们生来就注定要活在灾难里。"

他们两人住的楼被一个巨大的地下防空洞连接起来，两组楼梯在一个潮湿的地下洞穴里交汇在一起。绕房间一周，有十几个塞满熟食和食品原料的冰箱和冷柜，缝隙里夹着几辆自行车。架子被罐头、米面和糖压弯。每个冰箱顶上都挤满巨大的泡菜罐，上面贴着标签，注明是哪户人家的。

战争开始时，老祖母们把椅子、枕头、鲜艳的地毯、柔软的被子和毛茸茸的毯子都拖进地下室。她们还拿来茶炊和杯碟，把避难所布置成吃饭、喝茶、下双陆棋或吸烟的地方。于是每次警报都成了召集大家欢聚庆祝的信号。两栋楼的居民里有五个少年男女，包括希拉和卡姆兰，他们年纪最小又最爱学习，所以大人们对他们看管得最松。第一次红色警报时，大家忙着递烟斗和茶炊，忙着摆放枕头、讨论取暖器，两人趁这个工夫发现了一条隧道，尽头是一个小地窖。地窖的四面石墙之间是一架架奶酪、干货，一包包切碎的调味料，一扇紧闭的门，和一块足够容纳两个瘦小逃犯的空间。

自此以后，每当红色警报响起，他们就溜回地窖。

在父亲们无数的棋局之间，在祖母们的无数荤段子之间，在一千杯茶的间隙，悄悄溜进去。

"你还记得是什么救了我们吗？"卡姆兰问。

"是费城。"美国产的忌廉奶酪很罕见，即使用配给券限购，人们也总是抢着买，跑到黑市上买。大部分夜晚，出去寻找这种特殊奶酪的英勇父母都垂头丧气地回来，手上拿着一包"笑牛"，或者更糟，拿着普通的伊朗羊奶干酪。听到母亲们的高跟鞋踢踢踏踏地响起时，卡姆兰和希拉只有一点点时间，勉强够希拉穿上裙子，再把胸罩（一种既没有罩杯也没有钢圈，只由纯棉布做的自欺欺人的玩意儿）塞进卡姆兰的口袋里。两人理顺头发，站得离对方远远的，但大人还是会抓住他们单独待在地窖里。他们必须供认一项罪行，一项很坏的罪行，虽然没有他们实际犯下的罪行那么坏。于是，卡姆兰从邻居的架子上抓起一袋珍贵的"费城"牌奶酪，扯开硬纸板和锡箔，一口咬进那光滑的乳白色，再把奶酪扔给希拉。"天啊，太好吃了。"她嘟囔着，母亲们就在这一刻走进来，尖叫着有人偷奶酪。

"这些孩子！天呐！简直是动物！"母亲们说。

整晚都在道歉。奶酪的主人很仁厚。别这样。他们只是孩子。卡姆兰的父亲愿意赔三倍价值的现金和食品券，失主把那块奶酪剩下的部分涂在饼干上分给大家。野孩子。没人想到他们可能在地窖里干别的，所以他们做了一次又一次，直到他们十四岁，然后十五岁。希拉黑眉毛变细了，嘴唇变丰满了，卡姆兰的腿越来越长，母亲们开始羡慕他家有这样一个儿子。那些年里，没有人跟他们谈过性。媒体想把男孩的冲动导向战争，把女孩的冲动闷死在黑布下。但年轻人偷运杂志、照片和知识，自学成才的青少年把城市各处的地窖、储藏室和食品间摇晃得叮当作响。

每当警报闪着红光尖叫起来，每当街道上满是举家奔向地下室的喧哗，希拉和卡姆兰便一起跑进地窖。每当警报降下一两级，每当邻居们解脱地长舒一口气，他们便拍打枕头，恳求萨达姆这个混蛋发发善心，再来一颗导弹。他们等待着红色的警报，直到恐惧和欲望合为一体，成为一种奇怪的、不可想象的魔药，直到胸罩有了钢圈，再也塞不进口袋，直到失窃的奶酪变成失窃的香烟，然后变成一口老祖母的私酒或鸦片茶。再之后，这些借口都不再管用，因为两人变得太美丽、太狡猾，他们看着对方时，乳白色的嫩牙像面包刀的锯齿般锋利，似乎随时准备一口咬进羊腿里。

||||||||||

四月下旬，卡姆兰翻出些老旧的基亚罗斯塔米的DVD，他们一起看了《樱桃的滋味》。他问她为何痛恨回想，既然她显然和他一样正穿越时光，回到了那里。

于是，她告诉了他。告诉他，她母亲一连好几个月检查她身上的每一根毛发。告诉他，她后悔和他合谋。告诉他，她父母拖她去见一位专家，要把她缝回完好无损的样子，只因为专家建议他们等到她结婚前再缝，免得要做两次，父母才作罢。"那是屈辱的一年。然后我们就离家去上大学了。"

"我很抱歉。"他说。他握住她的手指。"这不公平，他们拉出的狗屎全落到你身上。"

早上，卡姆兰带努欣去买吃的。"我保证不摸任何地方，爸爸。"

希拉听了BBC的新闻。法国边境关闭了。现在他们只能在这里安家。欧洲各地会一直封锁到四月，甚至到五月。他们将透过美丽的窗户看许多次葡萄柚色的黄昏，不会有胶带阻挡视线。很快，玻璃后面的树将萌发春天的新叶。但希拉不会再出门，很长一段时间都不会。只要那些还是小男孩的法国革命卫队小将还拿着枪四处游走、吠叫着索要证件，她就不会出门。

她在地毯上坐了很久，想着那些把导弹袭击变成派对的老祖母，她们修改了孩子们的记忆。也许她们是想让孩子们学会应对战争和艰难，想扭曲他们的本能，把每一种感觉和它的反面熔合在一起。她少女般的眉毛正渐渐长回来。她渴望樱桃的滋味，渴望童年的歌谣，渴望混乱中偷来的一顿美餐。希拉从地上起来，打开衣橱，里面塞着房东发霉的毛毯。毛毯的霉臭味玷污了空气，那是来自另一个时代的屈辱。她给卡姆兰发了短信，然后拿上一堆枕头、半瓶红酒、饼干和一本书，跑进地下室里等待天黑。

THAT TIME AT MY BROTHER'S WEDDING
BY LAILA LALAMI

那次,在我弟弟的婚礼上

莱拉·拉拉米

Laila Lalami

摩洛哥裔美国作家。著有《其他美国人》《有条件公民》。拉拉米现居美国洛杉矶。

你似乎迷路了，小姐。你在找美国大使馆站吗？你瞧，我能看出来，从你的帽子、背包和你紧紧抱在胸前的文件看出来。在卡萨布兰卡，小偷小摸确实是种风险，但我可以向你保证，机场是座安全的建筑。没有人会拿走你的文件。坐吧，坐吧。我们保持距离，当然，我们都明白规则。放松点，怎么舒服怎么来。使馆官员还有几个小时才能到，就算他们到了，也得准备一阵才能支起桌子、开始给旅客办离境手续。

我等了多久了？很久了，很遗憾我得这么说。这些回国的航班只对公民开放，如果还有多余的空间，就能再搭些居民。但是显然没有多余的空间，至少过去两周都没有。我每次提出申请都得到同样的答复："很抱歉，本赛德女士，航班已满。"我想去丹吉尔机场试试，但火车停运了，而且不管怎么看，等在那里的人可能比这里更多。使馆官员一直叫我耐心等待，他们说我下次会有更好的运气。

问题在于，我就是因为运气不好，才会在三月份来到这里。本来我通常夏天来探亲，因为那时候我不用教课，但是今年初，我弟弟宣布他要结婚。第四次结婚，你能想象吗？他知道我会立刻回绝，所以特地把婚礼安排在我放春假的时候，就为了叫我找不到借口。即便如此，我还是告诉他我来不了，因为我已经计划好去得克萨斯参加观鸟团。可他一向擅长使我内疚。他谈起母亲见到我会多么激动，说她已经很老了，我应该抓住每一次机会多陪陪她。对这些我没办法说不。

即使这样，我还是对计划被打乱感到失望。所以我安排了一次短途旅行，去梅里亚-泽尔加，从这里向北两百二十千米。你去过吗？啊，你以后一定得找机会去一趟。梅里亚-泽尔加是个潮汐潟湖，而且是拉姆萨尔公约指定的重要湿地，是许多鸟类的家园，品种多得惊人。我想看涉禽和沼泽耳鸮，要是运气好，还能见到每年这个时候经过这里的火烈鸟和云石斑鸭。

当然，在那之前我先要忍受完婚礼的折磨。并不是说我不想看到我弟弟幸福，你懂的，只是他对女人的品位实在太可怕。每一任都年轻、幼稚，而且非常崇拜他。在婚礼上——每次婚礼都很奢华，让他的岳父母负债累累，他总站在新娘身边，仿佛在拍时尚大片。我的角色是邋遢、不起眼的大姐，站在背景里稍稍失焦，使全家福有个完整的布景板。

这角色我扮过太多遍，所以我驾轻就熟地来到婚礼现场，随时准备按要求投入表演。这次的来宾有一百人，按我弟弟的标准不算太多，但足够让我花很长时间绕场一周，被介绍给各色人等，和他们交换恭喜和祝福。新娘的父母有许多疑问。"你住在加利福尼亚？"她父亲问我。

"是的，"我说，"住在伯克利。"

"你教什么课？"

"计算机科学。"我母亲替我答了这题。这是她引以为傲的一点，我想，因为最初我说想当个画家，但她觉得那太不切实际。

新娘的父亲惊喜地睁大了眼睛。这消息迅速传向站在附近的叔叔、阿姨、表亲，人群中升腾起一阵窃窃私语。加利福尼亚，有人轻声说。伯克利。但新娘对此不以为然；她满怀怜悯地看着我。"一定很辛苦吧。"她说。她的声音像只嘎嘎叫的鸟。我弟弟站在她身边，赞同地点着头。

"你指什么？"我问。

"住得那么远一定很辛苦吧。"

"住在哪里都可能很辛苦。"等你和我亲爱的弟弟一起住就知道了，我心想，到时候再看谁活得更辛苦。

但她已经把注意力转向别处。"摄影师到了。"她说。

我们开始摆姿势照相——新郎、新娘、亲朋好友，各种排列组合。我开始感到一阵阵潮热，尽管我穿着无袖礼服裙，而不是厚重的卡夫坦长袍。我正在手提包里翻找激素药片，新娘示意我走出取景框。"来，我们拍一张只有摩洛哥人的。"

你能信吗？我正准备说些不客气的话，我弟弟插进来解了围。他说新娘没有恶意，只是我裙子的颜色和她的卡夫坦长袍不搭配。他把我拉回取景框内，对摄影师露出他白得像漂过的牙齿。但我觉得他并不那么介意新娘的话。他一直在内心深处恨着我，因为我十八岁就离开家，留他在我们长大的房子里照顾母亲。假如他像我一样一直单身,而不是每隔几年就逃离现任妻子奔向下一任,也许我们的关系会有所不同。

这阵混乱让我忘了吃药。我又在摄影师的灯光下站了几分钟,终于头晕目眩,倒了下去。在摔倒的过程中,我抓住新娘裙子的拖尾想稳住自己。我失去意识之前听到的最后一声是布料落下时拍打地面的声音。

第二天,我一边为梅里亚-泽尔加之旅做准备,一边为即将泛舟湖上深感激动。这时传来了摩洛哥要关闭边境的消息。我匆忙赶到这里,试图在离境的航班上定一个座位,但至今没交上好运。说到这个,使馆官员来了。我认得那个穿蓝衬衣的小伙子。他两天前来过。他朝这边走过来了,一定是看到你手里的蓝色护照了。去吧。也许我们会在另一边再见面的。

A TIME OF DEATH, THE DEATH OF TIME
BY JULIÁN FUKS

死亡的时间，时间的死亡

胡利安·福克斯

Julián Fuks

巴西作家、记者。著有小说《抵抗》《占领》。福克斯现居巴西圣保罗。

然后,在拂晓的第一缕微光和正午灼目的烈日之间的某个无法确定的时刻,时间失去了意义。没有号角,没有声响,没有任何喧哗来宣告这个如此非典型的事件。也许,在你的想象中,时钟会停摆,日历会乱了顺序,日与夜会融作一团,把天空染成灰色,但根本不是那样。时间失去意义是一个集体事件,却也是一个完全私密的事件。它仅仅引起了迟钝、冷漠和一种古怪而深刻的消沉。

很难想象时间不存在一事对每个家庭的种种影响,每个人都被拘禁在无穷的时间里。有些人更加紧锣密鼓地干起琐碎、无意义的工作,用机械的行动掩盖沉默,不停地洗手,强迫症般地清扫客厅、厨房和浴室。有些人无法抵抗倦怠,只得让它控制身体,一直瘫在沙发上，无精打采、无能为力，心不在焉地看着一成不变的新闻，看着这出悲剧的完整数学推演。也许时间的某种遗迹还允许人们继续度量它，但不是以分钟、小时、天为单位，而是以电视屏幕上的累计死亡数字作尺度。

我观看窗外的一切，任自己的视线在对面的公寓间游逛，在风景提供的间隙里，用生活来分散注意力。如果我没记错的话，在时间死亡的那一刻，我正躺在吊床上，什么也不做，只是呆望着外面空无一人的街道。我感到那一刻从上一刻和下一刻间游离出来，在无足轻重的状态中不断增重，变成永恒。"现在"膨胀起来，笨重的身躯变得如此肥大，不仅遮蔽了过去，也挡住了整个未来，让人完全看不见前方。即使是不久前的日子，那些阳光灿烂、自由天真的日子，如今似乎也只是遥远的回忆，缀满沉甸甸的怀念，伫立在遗忘的边缘。至于未来，它太不确定，所以自己完全消解了自己，让所有可构想的计划、所有可贪图的爱情、所有可书写的内容都成为愚人的妄想。时间的瘫痪，据我理解，在那一瞬间同时淹没了房屋和身体，对腿、胳膊、手和存在本身判了永远凝固在这一刻的无期徒刑。

在那一天，或在另外某一天，巴西记录下一千零一次死亡。我想这数目的象征意义促成了时间的失灵，耗尽了最后的计量单位，甚至偷走了时钟上那如命运般不可避免的指针。一千零一次死亡如一千零一夜；是一千次死亡再加一次死亡；是无限次死亡再加一次死亡；是无限次死亡。在一个无尽的瞬间里，所有人都发现，原来在生命中就能体验死亡的即兴，没有准备，没有原因。原来人可以不经历痛苦和不快乐就发现自己置身于时间之外，只要足够迫近痛苦，足够迫近幸福——只要这预感变成广泛的、非个人的东西，便足以使时间的秩序崩溃。

然后，当一切度量不再可能，当世界上只剩下困惑、恐惧和无聊，我发现机会主义者很快挺身而出，想在没有时间的真空中建造旧的时间。虽然一切都融化成同一个瞬间，但变化仍在一点一点发生，报纸上最常出现的脸孔一点点地现出狰狞的样子，他们的声音一点一点地暗下去，他们的措辞越来越像另一个时代的语句。只要仔细观察，任何人都能在这个国家的最高当局身上看到来自另一个时代的、近乎奇形怪状的人物形象——他们的西服下露出制服的轮廓，他们皮鞋的阴影中露出马靴的形状，他们手中的笔如警棍一样长。

听他们说话比看他们的衣服、姿态更让人绝望。他们的声明只是另一些声明的回声,永远那么魔幻,永远那么暴力。他们的开场白蔑视死亡和预防措施,与科学研究相悖,宣称某种灵丹妙药能根除整场病毒大流行。接下来,他们讲到要不惜一切代价复工,讲到他们如何渴望生产、如何渴望降低工资、如何渴望砍伐森林,以便开拓更多土地用于种植。演讲的高潮总是同一套东西:迫害一切反对他们的声音,直接攻击所有批评者和异见人士,跃跃欲试地要征服全部政敌,说那些人都是共产主义分子、恐怖分子和颠覆分子。

当他们闭嘴时,也有某种沉默以外的东西存在。在那一天,或在另外某一天,我在自己身上发现了幽闭恐惧症的苗头和一种不可抗拒的需求:逃离这里,立刻突兀地离开。抛下我用来禁闭自己的公寓,抛下我在被动与无意识中陷入的惰性。我记得自己曾在街道上快步行走,我的步伐仿佛在产生分秒,在重塑时间的脉搏。在空荡荡的街道上,在不断拉长的不祥阴影中,我记得我感到某种敌意,某种古老而黑暗的东西仿佛会从任何一个角落里突然跳出来袭击我。但我仍渴望看到某个人的脸,谁都可以,只要不是我自己的脸,一个不认识的人，一个陌生人——只要是人类的脸，不在口罩后面，不在窗户后面就行。

我并不惊讶于自己走到了父母家门口，尽管这是我无意识的选择。我用外套的袖子包住手，按响门铃，然后退后几步，以便在门开后保持官方建议的距离。我父母不慌不忙地走出来，胳膊下面各夹一把折叠椅，在前院里摆好，放在离人行道几米远的地方。他们的动作十分平静，几乎可以说是安宁和平，仿佛这只是一次普普通通的会面。他们是这样和平的人，但他们也曾是异见者和颠覆分子，在另一个时代中，他们曾加入反抗独裁的秘密武装斗争之中；现在，他们比其他人更脆弱，更容易得病，但他们仍在抵抗，他们平静地生存着，无视我的恐惧。

我不记得我们谈了什么，但他们在我眼前的那幅图景还鲜活地存在我的记忆里。他们苍白的脸上有几十年的岁月留下的沟壑，背景是我童年的家，墙上的斑斑点点记录了一年又一年快乐慵懒、疏于打理房舍的日子。从屋顶冒出头来的树，是我们在某个遥远的日子里一起种下的，那个日子变成了现在。时间就住在这栋房子里，只要身在这里，就足以让我感到时间会继续流淌，它一环扣一环,是由数不清的事件组成的长链。它会抹去统治我们的黑衣人,会抹去我的父母,也会抹去我,但它会永远流淌,沿着街道,穿过广场和整座城市,在它身后留下整个未来。这个念头中也许有某种可怕的东西让人晕眩,但不知道为什么,在那一刻,面对时间的确定性,我只觉得平静。

PRUDENT GIRLS BY RIVERS SOLOMON

谨慎的女孩

里弗斯·所罗门

Rivers Solomon

美国小说家。著有《无情的鬼魂》《深渊》《忧愁之地》。

杰露莎不明白，就算在封锁前，人们出门都去哪儿呢？除了保龄球馆外——现在保龄球馆也成了杰瑞不能踏足的地方，因为开球馆的人弄到了卖啤酒的执照——要说可去的地方，得克萨斯州的卡多没有几个。

在恩巴克德罗路上，有 H-E-B 超市、乔安布料店、汽车行和霍比罗比工艺品店；辅路边上有奇利斯餐厅、罗萨利塔餐厅和贝斯特韦斯特连锁酒店。在劳伦斯·泰特被警察击毙（玩具熊和气球标记着他倒下的地方）的单排商业区里，有沃尔玛、罗斯折扣衣饰百货和星巴克，再往前走就是枪械店和射击场。至于图书馆，杰瑞从来不去，因为在前台工作的女人不准黑人和墨西哥人一次借两本以上的书，尽管官方上限是十本。"借太多看不完，超期罚款你付不起。先从两本开始，证明你能按时还来再说。"

镇外九千米是卡多溪女子监狱,那不算镇里的设施实在可惜,因为杰瑞的妈妈在服十三年徒刑,已经在里面待了九年。那是周围唯一值得一去的地方——等杰瑞把那女人弄出来,卡多连这唯一拿得出手的地方也会失掉。

四频道,KBCY的新闻主播严肃地解释着隔离程序。没有哪个观众真会觉得自己因为不能出门而错过了很多。

"杰露莎,宝贝,把那个噪声关了。"丽塔姨婆坐在厨房里的桌边叫道。她一边玩她每天都玩的密码游戏,一边等马西斯法官一小时后出场。"我不懂这些人为什么觉得这些措施中的任何一条管用,人的命运是上帝决定的。要是直播阿博特州长在电视上忏悔,我可能会腾出点时间来听听他说什么。没什么能阻止哈米吉多顿[1]。"

可是《圣经·箴言》22:3说:精明人看见灾祸,就躲藏起来,愚蒙人却往前走,自取祸害。丽塔姨婆难

---

1 圣经中的末世之战。

道不担心人们被病毒杀死吗？查尔斯叔叔有慢阻肺，威尔玛阿姨有狼疮和糖尿病。丽塔姨婆自己也在做透析。

但最糟糕的是杰瑞的妈妈，困在那么挤的地方，没有口罩，没有洗手液。单是这些就够糟了，更别说她还有哮喘、肝炎和艾滋病。

丽塔姨婆难道希望侄女死掉吗？很可能是的。杰瑞的妈妈是叛教者，对丽塔姨婆来说，叛教比死还严重。

杰瑞没有说出这些想法，因为她是谨慎明智的女孩。像圣经中颂扬的精明人一样，她躲避灾祸，而她的灾祸就是丽塔姨婆。有的女孩懂得在会伤害她的人面前隐藏自己，有的女孩却会不假思索地在敌人面前炫耀她所谓的自由。在这个世界上，前一种女孩其实比后一种拥有更多自由。

"我叫你把它关了，露莎。"

杰瑞按下静音键，打开字幕。丽塔姨婆沉浸在游戏中，不会注意到电视并没有关掉。

"你觉得我明天还能去看妈妈吗？"杰露莎问。

丽塔姨婆哼了一声，既不肯定也不否定。她正在"独处模式"中，小口喝着杯子里的薄荷茶，眼睛盯着密码游戏。每天的这段时间里，她不理会这些——她管这些叫作杰瑞的"胡闹"。

"我可以上网查查。"杰露莎说,她知道这是玩火,却故意这么说。如果她一句丽塔姨婆不喜欢的话都不说,一件丽塔姨婆不喜欢的事都不做,那女人会觉得她在隐藏什么。而且,能对侄孙女宣誓权威,这让丽塔姨婆觉得生活有了目标。没理由剥夺她的这点快乐。很快,她连这点小小的乐趣也会失去。

丽塔姨婆眉头紧皱,用圆珠笔敲着桌子。"没必要上什么网,"她说,"我明天一早打监察员热线,问问探视还开不开放。"

丽塔姨婆根本不会打什么热线,但那没关系,因为杰瑞明天根本不打算搭巴士出镇探望妈妈。明天,她们两人早就远走高飞了。

|||||||||

卡多溪女子监狱的监狱长迈克尔·皮尔斯不可能知道,他用钝器击打妻子头部将其杀死时,有人看见了。他的几个女儿都在祖父母家,他的狗"沙丘"在屋外的后院里。那不是一次有预谋的暴力犯罪,但他算过被抓

住的概率，任何人犯罪前都会算一下。因为隔离规定，未来几周甚至更长时间内都不会有人发现迈克尔的妻子不见了，这给了他充裕的时间计划如何有效地掩盖罪行。他认为，自己一不小心犯下了一桩完美的谋杀案。

十四个月前，妻子向他提交了三位保姆候选人的档案，因为雇了保姆她才能去夜校上课。如果皮尔斯监狱长是个更有头脑的人，就会认真对待这三份档案。他会查看杰瑞提交的文件，发现她没交推荐信。不是因为她找不到雇主给她写封好推荐信，而是因为她不希望客户发现她对不同雇主收费不同。她自行判断能从谁身上要到多少钱，据此开价。如果皮尔斯监狱长当时看了档案，就会选择雇佣杰西·泰勒或者伊莎贝尔·埃默森，而不是杰瑞。那两个人不会在被控偷窃后在雇主家里装隐藏摄像头。

可是，当迈克尔的太太把她精心收集的信息装在档案袋里，交给丈夫时，他正在收看ESPN频道的扑克比赛。他调高音量，说："随你便吧，亲爱的。要不等这场比赛结束了再说？"

妻子选择了那个据说是"耶和华见证人"的女孩，因为她听说那是个邪教。她幻想帮那女孩逃脱，像她在电视上看过的那种故事一样——解救年轻摩门教女孩脱离一夫多妻制婚姻。

另一个好处是，可以让女儿们和一个穿着如此朴素的女孩相处一段时间。不要那种裙子短得快露出屁股的骚货。那种不行。谨慎的好女孩穿谨慎的好衣服。

如果皮尔斯监狱长是个更好的人，他也许会和这个在他家服务了一年多的保姆交谈一两次。如果他那样做了，她也许对他多少有点感情，对整件事的态度也会仁慈一点。但他没有。他甚至不知道她的名字。一个听起来好像跟圣经有点关系的名字，监狱长依稀记得。他基本上只当她是"那个黑人女孩"。

正是这一事实引发了他和妻子的争吵。封锁开始前，杰露莎上门来取最后一笔工资——装在信封里的现金。她走后，监狱长半开玩笑地问妻子："为什么她们的胸和屁股都跟跳脱衣舞的似的？她多大了？十五岁？十六岁？这个年纪就这么大，太不自然了。"他摇摇头，似乎在说，这个世界怎么了，啧啧，这世界变成什么样子了！卡多从前可不是这样的。

"你不应该说这种话，迈克尔。她们不能决定自己长什么样。"他妻子说。她这人总是这么爱挑刺。

"我只是想问，基督徒好女孩那套东西，你真的买账？"他问。他见过她盯着他看，对，他也看了回去，对，他看出她扭动身体的方式就是在暗暗勾引他。

"好吧，如果你想让我雇别人，那你当初应该看一下文件。如果你想，我可以解雇她。"

"我没说你得解雇她。没必要这么大惊小怪。还有你说什么文件？你到底在说什么？"

她摇摇头："就是那些文件，迈克尔。"

他妻子总是很爱嫉妒，说他从不关注她，但事实是，要是她说话稍微有趣点，他自然会关注她。

后来，她又指控他想跟那女孩上床，实在太荒唐了，太！荒！唐！了！是她把她的身体强加于他，如果他接受了，对，他承认他接受了，那并不是因为他想要，他只是接受了一种愚蠢的、毫无意义的挑衅。

他妻子推了他，还骂他是变态。这本身就属于语言虐待。

敲诈就像监狱系统本身。不出点血绝对脱不了身。一个陌生人匿名给你发了一段视频，视频中的你正在谋杀妻子，好吧，这种时候你除了答应对方的要求别无选择。

在对方自以为得计别无选择。皮尔斯监狱长会安排罗谢尔·海斯越狱，但之后他会跟踪她，直到敲诈者现身。然后他会亲手结束此事。

||||||||

杰瑞摆好餐桌，酷爱牌饮料、炸三文鱼球、速食土豆泥、四季豆和羊角面包卷。"哎哟，看看这些。"丽塔姨婆说。

"还有多的，我放冰箱了。"

"过去几周你拼命做饭。后面的冰柜要爆炸了。病毒是不是把你吓坏了？"丽塔姨婆问。

杰瑞拿来一卷厨房纸，摆在桌子正中间。"我不害怕，耶和华会照顾信他的人。和平的日子会到来的。"她说。

"阿门。今晚你来做饭前祷告吗？还是我来？"

杰瑞坐在姨婆对面，这是她们共享的最后一顿晚餐。"我来吧。"她说。丽塔姨婆的祷告经常很长。"耶和华，我们感谢你慷慨赐予我们眼前的食物，我们请求你保佑它们能滋养我们的身体。我们以耶稣的名义祷告,阿门。"

"阿门。"

杰瑞用饭盒装了两份晚餐的饭菜,准备晚上带去。快十年了,今晚妈妈会第一次尝到真正的食物。她还准备了坚果、水果、瓶装水、饼干、面包和几包调味金枪鱼。商店早被抢空了。但杰瑞心中的见证人让她永远提前做好准备。

"你今晚很安静。"丽塔姨婆说。

杰瑞又往自己盘子里舀了一勺土豆泥:"我只是在想事情。"

"想什么事情?"

"世界的终结。"杰瑞说,她指的是和丽塔姨婆同住这种生活的终结,"我妈妈说,我的出生预示着她个人生活的终结,但那是一件好事。她说,因为我,她才离开了耶和华。"

丽塔姨婆的餐具叮当一声撞在盘子上:"可耻。"

有一张杰瑞母亲刚剃了光头的照片,是杰瑞出生后第二天照的。她告诉杰瑞,当时,一种想把头发全部剃光的冲动控制了她。也许是产后的荷尔蒙波动,可她看到杰瑞出生,意识到如果不把旧生活摧毁,她就没法开始新生活。罗谢尔跟丈夫离了婚，脱离了耶和华，成了女同性恋。杰瑞的爸爸来带走他们的小女儿时，她一枪打中了他的心脏。

有的时候，杀人是必要的，把自己交给旧生活，任它摆布才是不谨慎的。人必须把那些东西想清楚。人必须让新生活到来，哪怕通过死亡和其他一切。

晚饭后，丽塔姨婆在客厅里看《危险边缘》[1]，杰瑞把行李最后检查了一遍。她有十条内裤、五个胸罩、五件汗衫、三件上衣、三条裙子、十四只袜子、牙膏、牙刷、牙签、漱口水、除臭剂、她的《圣经》、她的出生证明，还有一把枪。

她拖着行李箱走过华雷斯街，上了恩巴克德罗路，经过一家曾是"游戏驿站"[2]但已经被木板钉上四年的店面。她走过一条纪念杜威·詹姆斯的长椅，那是一些黑人妈妈筹资建的，为了纪念那个二十世纪八十年代被几个白人青少年开皮卡活活拖死的男人。

城市正在瓦解。黄色和棕色的杂草从沥青的缝隙里

---

1 一个智力竞赛节目。
2 美国连锁电子游戏零售店，曾盛极一时，2016 年后因经营不善关闭了大量店铺。

喷涌而出。墙上油漆剥落。在学校停课前,卡多小学的学生已经搬到拖车里上课,因为学校的主楼里长了霉菌。打着土地出售广告的广告牌上的油漆从十二月起就开始不断剥落,现在只能看清电话号码最后两位了。

像这样丑陋的地方有一种特殊的美,因为当你意识到这里不再孕育滋养新的东西,便能更容易地放弃它。

早上,当丽塔姨婆发现侄孙女失踪时,她会怀疑自己与杰瑞之间是否一直存在着她不知道的矛盾。但杰瑞和姨婆始终认同一条重要的真理,那就是她们周围的一切都必须崩溃消亡。一个崭新的世界将会到来,只要你愿意付出必要的代价。

母亲和杰瑞在水塔边碰了面,这是电话里说好的。"你从家里一路走过来的?"那女人问。

从家到这里有十四公里,但杰瑞穿了适合走路的鞋子。"他跟来了吗?"

"跟你说的一样,他跟来了。在那儿。你看。他把车灯灭了。"她轻声说道,然后指向十米开外路面上的一处。有的人不懂得见好就收,所以成了一具孤零零的尸体。在灰色三月雾霭蒙蒙的黑暗中,她靠近时,他不可能看见。

杰瑞走向他，手里握着那把手枪。没有人能恒久忍耐这样一个人，对她做过那些事情的人。今晚不是她母亲的得救之日，而是她自己的得救之日。

像圣经中颂扬的精明人那样，她躲开敌人的视线，悄悄贴近，然后开了火。杰瑞创造了属于她自己的哈米吉多顿，她喜欢这个末日。

ORIGIN STORY
BY MATTHEW BAKER

起源故事

马修·贝克

Matthew Baker

美国小说家。著有小说集《为何访问美国》。

在配给和绝望中，可诞生伟大！在战时船运封锁中，十九世纪的路易斯安那诞生了伟大。在毁灭性的经济大萧条中，二十世纪的日本诞生了伟大。还有这里，在一场全球性的传染病大流行中，二十一世纪的底特律，在一座被非法占据的粉红色房子里，诞生了伟大。想来实在叫人惊讶，那几个月中，那栋房子里发生了那么多戏剧性的事件，却全被这一件事的光芒掩盖。

"我有重大突破。"身穿粉红色睡衣的贝弗利现身客厅门口，如此宣布。

封锁期间，全家都在这座房子里。她的儿女、她的孙辈、她的曾孙辈，还有一个从斯堪的纳维亚半岛来的交换生。贝弗利的房子最小，但她拒绝去其他地方隔离，所以全家人都来她家陪她。睡沙发上、睡躺椅上、睡客房的那张空床上的，还有在地下室里睡充气床垫的。贝弗利是位九十岁的寡妇，高中文化，她虽然脾气暴躁，每时每刻都在说人闲话，还经常用显然是她编出来的丑闻给故事添油加醋，但全家人都很爱她。全家人，除了艾丽。艾丽是大学一年级的新生，有文身，戴鼻环。艾丽小时候和贝弗利很亲，但她长大后，她们的关系恶化了，两人一句话不说已经有好些年。也许正因为她们曾那么亲密，在家庭聚会上总形影不离，所以她们的冲突让家里的其他人非常困扰。封锁期间，两人的矛盾进一步加剧，因为现在她们被迫生活在同一屋檐下，醒着的每一分钟都得共处，共用一间厨房、一台洗衣机，还有一个马桶十分娇气的洗手间。艾丽似乎对冰激凌的问题意见尤其大。冰箱空间有限，超市里什么都缺货，为保证食品供应，贝弗利建立了一套严格的配给制度。冰激凌的每日配额非常少，每人每晚只能吃一勺。不然冰激凌马上就会吃光，然后谁也吃不上冰激凌。这个解决办法虽然有点悲哀，但已经是最好的办法，所以全家人都接受了。整整一周，全家人每晚围坐在客厅里，每人吃一勺冰激凌，心中有种被剥夺了什么的匮乏感。艾丽尤其激烈地表达了不满。而现在，全家人看到贝弗利出现在客厅门口,手里捧着一个碗。

"那是什么鬼东西?"艾丽说。

"一项新发明。"贝弗利说。

碗里是一小勺撒了碎冰的冰激凌,坐落在一大堆碎冰建成的小山上。贝弗利解释说,碎冰的做法是把冰箱里的冰块放进塑料袋,然后用橡皮榔头砸一会儿。这个,据她说,是一种即将改变世界的巨大创新。

"请告诉我你在开玩笑。"艾丽说。

"现在我们每个人都可以吃满满一碗了。"贝弗利说。

"没人要吃掺水的冰激凌。"艾丽边说边露出嫌弃的表情。

"我愿意尝尝。"交换生说。

"我管它叫冰冰激凌。"贝弗利说。

"冰冰激凌。"交换生以一种惊奇又赞叹的语气重复一遍。

"你没法想出比这更蠢的名字了。"艾丽说。

"事实上,我花了不少时间才想出这个名字。"贝弗利说。

"连说两次'冰'太重复了。"艾丽说。

交换生（说实话，家里的大部分人一直记不住他的名字）展示了对英语的娴熟掌握。他指出，从句法的角度看，"冰"字重复两次有重要作用，因为英语使用者口中的"冰激凌"事实上并不含冰。

"我这辈子从没这么讨厌一个东西。"艾丽说。

那天晚上，贝弗利在厨房和客厅间来回穿梭，给每个人做了一碗冰冰激凌。没有人愿意被迫吃掺水的冰激凌，但碗里的东西确实变多了，这种变化带来的吸引力不容否认。在剩下的封锁日子里，全家人每晚都聚在客厅里一起吃冰冰激凌，舀的时候小心翼翼，确保每一勺都既有冰激凌又有碎冰。只有艾丽拒绝吃。她连尝都不肯尝一口。她每晚坚持吃纯冰激凌，空空的碗里只有一小勺。吃完后她就固执地盯着地毯，因为其他人还捧着碗继续吃着，每一口都吃得津津有味。

"你知道吗，这玩意有一点特别好。"一天晚上，贝弗利咽下一口冰冰激凌后停顿片刻，然后若有所思地说。

坐在客厅另一头的艾丽轻蔑地哼了一声。

封锁解除一个月后，贝弗利在睡梦中死去。几十年后，她的家人们才听说菊苣咖啡和玄米茶的故事。在十九世纪的路易斯安那，船运封锁期间不得不实行食品配给，人们开始在咖啡里掺菊苣根，可等到战争结束，路易斯安那人已经爱上了这种饮料的味道，直到今天，菊苣咖啡在那里依然很流行；在二十世纪的日本，经济危机期间不得不实行食品配给，人们开始在茶叶里掺炒米，可等到经济恢复，这个国家的人已经爱上了这种饮料的味道，直到今天，玄米茶在那里依然很流行。

在这个家庭里，没有人尝过菊苣咖啡和玄米茶，但他们听到这些故事倍感亲切，因为在他们家里，同样的现象发生在冰冰激凌上。即使在传染病大流行结束后，他们仍继续吃冰冰激凌——开始是出于怀念偶尔吃一次，后来变成经常吃，最后他们终于略感惊奇地发现，自己真觉得冰冰激凌比纯冰激凌好吃。冰激凌中掺的冰晶有种沙砾般的奇妙口感，而比较大的碎冰片吃起来有种华丽的顺滑感。在灯光下，冰让半融化的冰激凌闪烁美丽的光点。最后，这家人开始把这项发明介绍给朋友、同事和同学，那些人又把它介绍给这家人完全不认识的人。某年夏天，老城区的一家咖啡馆在餐单上增添了冰冰激凌。第二年，河边出现卖冰冰激凌的小摊。某家当地电视台做了一期节目，拍摄游客第一次品尝冰冰激凌的情况。某份报纸上登了一篇报道，市长把冰冰激凌称作文化瑰宝。贝弗利的家人心怀敬畏地见证了这一切。贝弗利活了九十岁，说实话，在最后十年中，家人已经开始把她看作一件文物。就连贝弗利自己说话时也流露出这种意思，仿佛她生命中的大事件都是很久前发生的。然而，直到那时，直到生命的最后时刻，穿着粉红色拖鞋和粉红色睡衣在家里走来走去、助听器因电量不足而吱吱作响的她，才完成了那件让人们记住她的大事。她创造了一个引起轰动的东西。

然而，这个传奇最精彩的一幕发生在那家人走出房子前的一刻。封锁解除那天，贝弗利强迫曾孙女坐在厨房的椅子上吃了一碗冰冰激凌，不吃完就不准她走。艾丽每吃一勺都要痛苦地皱一下眉，每咽一口都要做一个鬼脸。她在这一口和下一口之间滔滔不绝地评论，说碎冰彻底毁了冰激凌的味道；说在人类烹饪艺术的历史上，从未有过如此惨无人道的暴行；说冰冰激凌在概念上就可厌到极致，连天使也要在天堂里为此哭泣；说（句题外话）她依然觉得冰冰激凌这个名字蠢得不行。当她终于放下吃得干干净净的空碗，她看向曾祖母，后者正以平静的表情盯着她。

"怎么了?"艾丽说。

贝弗利突然大笑起来,把手放在额头上,一副无可奈何的表情。艾丽困惑地笑了。

"你骗不了我。"贝弗利说。

"我没骗你。"艾丽不肯让步。

贝弗利笑得双肩颤抖,不得不靠在柜台上保持身体平衡。看她笑得这么厉害,艾丽也笑起来。一开始,艾丽还想忍住笑意,为了保持表情严肃憋得嘴唇直抖。但她终于憋不住,双手捂着脸笑喷了。

"你想出这个主意就是为了跟我过不去。"艾丽说。

"我只是想帮点忙。"贝弗利不肯让步。

两人似乎锁死在一个循环中。贝弗利笑得越厉害,艾丽就笑得越厉害,直到两人一起在厨房里笑弯了腰,笑出了眼泪。

"我们到底在笑什么?"贝弗利说。

事后,两人都解释不了到底是什么如此好笑。然而,那一刻她们之间似乎有某种东西被释放了。艾丽出门时甚至允许贝弗利再次拥抱她。那是她们的最后一次拥抱。

TO THE WALL BY ESI EDUGYAN

墙

埃斯·埃德扬

Esi Edugyan

加拿大小说家。著有《华盛顿黑》《混血布鲁斯》《梦见别处：对家的观察》。埃德扬现居加拿大不列颠哥伦比亚省的维多利亚市。

瘟疫爆发前四年，我和第一任丈夫托马斯一起爬过北京西面被雪封住的山。

托马斯是来自利马的装置艺术家，当时正在做的项目是复制某个公元十世纪的修道院。几年前，他迷上了这样一个故事：在中世纪的法国，一位修女某天早晨醒来，突然尖叫不止。接下来的几天，另一位修女加入了她，然后是第三位，直到整个修道院回荡着她们的叫声。只有当地士兵威胁要殴打她们，她们才会安静下来。我觉得，让托马斯着迷的是，这些女人生命中的选择是那么少，她们做女孩时就被送进修道院，因为父母不想要她们或无力抚养她们。尖叫似乎是她们为数不多的选择之一。总之，这个项目他做得很艰难。进山时，他认为自己完不成这项工作，我也认为他完不成这项工作。那时，某种东西已经开始从他身上消失。

但那天早上我们去看了长城，在那几个小时中，我们觉得我们共处的时光是完好无损的。我们已经争吵了好几个星期，可中国的乡村是那么新奇，它奇怪的纹理、天气和食物改善了我们的关系。走到游客入口时，托马斯咧开嘴笑了，他的牙齿很齐、很白，嵌在他窄窄的脸上。

石板路两旁的小贩向我们叫卖，他们呼出的气息在空气中凝成云雾。一个女人叫喊着，向我们兜售抛光的玉石镇纸、亮闪闪的布钱包、拴在红绳上的假钱，还有透明的钢笔——内有塑料小船漂浮在黏稠的液体里，仿佛正在长江上行舟。风泠冽而清新，带着一种你在城市里闻不到的近乎青草香的气味。

我们爬进玻璃缆车，它将载着我们去上面的路。缆车启动时我们紧张地笑起来，然后车一顿一顿地横越山谷，下面的树木墨黑如深夜的河水。终于到了山上，我们行走在古老的石廊里，苍白的晨光冰冷地照在额头上。空气尝起来有种淡淡的金属味。

"我们刚才是不是该向那个女人买点什么？"我说，"给我妈妈？"

"加布里埃尔想要中国的香烟。"托马斯说，他深色的眼睛在强风中泛着水光，"我不懂为什么，似乎抽外国烟比较时髦。"

"你对他太苛刻了。"我说。

我不该说这句话。托马斯看了我一眼，什么也没说。那时候他不太愿意提他的兄弟。他们之间有种温和的仇恨。虽然已经结婚十年，我还是看不清那份恨意的童年根源。我们从中国回来两年后，发生了一场事故，兄弟两人的关系愈加恶化。托马斯开车撞了他侄子，孩子死了。那孩子才三岁。事发时，我和托马斯已经互相不满、不再联系，我只是从一位共同好友那里听说此事。那孩子的死成了一道任何东西都无法跨越的障碍，所有与之相连的人都迷失了方向，消失在遥远的另一侧。

但是那一天，在接下来的几小时里，蜿蜒的石路在我们面前伸展进远方的雾气中。在我们走的那段路上，有的石头里有紫色的脉络，有的石头更白、轮廓更鲜明，还有的石头是泥灰色的，让你明显感觉到它的古老和原始。虽然我们此刻正谈笑风生，但我能感觉到——我们两人都能感觉到——我早先说的那句话留下的阴影。

雾越来越浓。天空飘起了雪。

似乎到了该离开的时候。我们循着之前的脚步,朝缆车入口方向走,却怎么也找不到缆车。我们试了另一条路,但路尽头是个观景台。我们面面相觑。雪越来越厚。

我们身后突然出现一个身影,正大步远离我们。托马斯想叫住那人,但我们追到转角时他已经不见了。

下午,天色越来越暗。空气中弥漫着强烈的泥土味。我们登上一段歪歪扭扭的台阶,走上一个平台,平台在一个障碍物前戛然而止。我们又沿另一段台阶向下,尽头却是一堵结结实实的墙。一条路曲曲折折,似乎不通往任何地方,我们走了一会儿也放弃了。我的指尖冻得发烫,我想象着这个时段的北京,我们酒店附近的街上,灯火通明的餐馆,空气里有汽车尾气、炒肉的香味、被太阳晒得暖洋洋的花朵的味道,花瓣飘落在人行道上,像一滴滴白蜡。

"我们在埃舍尔的画里。"托马斯喊道,语气中带着奇异的兴奋。

我也笑了,但同时发着抖,风在我耳边尖声呼啸。雪凝在睫毛上,我使劲眨眼。

就在这时，出现了两个黑发女人，脚边放着一堆坛坛罐罐。我看到托马斯脸上露出淡淡的失望之情，这叫我很是吃惊。我开始比手画脚地解释我们迷路了。她们面无表情地听着，脸上湿润的皱褶闪着微光。然后，其中一个女人转向托马斯，说着羞涩的普通话，抬起老迈的双手，拂去他头发上的冰花。他很高兴，孩子气地大笑起来。

另一个女人从脚边的坛子里取出两个泡沫塑料杯，里面的茶热气腾腾。她什么时候倒的茶，她怎么在这么冷的高山上让水保持这么烫，我完全不知道。托马斯很有礼貌地接过给他的那杯。我挥挥手，谢绝了给我的那杯。

两个女人伸手指向她们身后，就在那里——缆车。玻璃的穹顶，摇摇晃晃地越过空旷的黑色山谷，仿佛就在刚才重新显现出来。

托马斯惊喜地叫了一声。走向缆车的路上，他惊叹地谈着那女人的手心触到他头部的感觉，那双手意想不到的重量，还有她皮肤粗糙的质感。

但在开车回北京的路上，我们几乎没说话。沉默的感觉很奇怪，在那么久之后。托马斯高兴时总是滔滔不绝，可现在，他像被掏空了，仿佛有某种东西从他身上慢慢被抽走了。到酒店时，我从他紧绷的嘴上看出，某种我不太能理解的东西仍在困扰他。我轻轻地握住他的手。他回握我的手，仿佛他知道我们的生活正向何方延伸，仿佛那些破坏业已发生。世界上的每个地方都有灯光熄灭，即使在那时。

BARCELONA: OPEN CITY BY JOHN WRAY

巴塞罗那：开放的城市

约翰·雷

John Wray

美国小说家。著有小说《天赐》《时间丢失事故》《低男》。雷现居墨西哥城,也是《纽约时报》杂志的长期供稿人。

宵禁的第一天，夏维转运了。他告诉我，当时他失业已有一个月——被解雇前的工作是在电话里向毫无防备的小老太太推销房屋保险。自失业那天起，他的人生像自由落体般直线坠落；但封锁改变了一切。一夜之间，人们不再问他找到新工作没有，如果没有，那为什么还没找到，还有他究竟打算怎么付下个月的房租。他们或多或少地把一切自动归咎于"新冠"，这为夏维省了不少麻烦，让他不用解释他被解雇其实是因为他上班迟到、一边吃东西一边给客户打电话，还有尝试各种滑稽的口音以免自己疯掉。突然之间，那些都不重要了。现在全城的人都被解雇了，全城的人都快疯了，全城的人都迫切地想沿错误的路径逛到兰布拉大街，哀怨地盯着不亮灯的橱窗里那些他们实际上并不想买的东西。夏维的生活成了所有人的生活。

奇怪的是，尽管城市正被封锁，夏维自己依然可以做以上所有事情，这是托康泰萨和谢波的福。隔离之前，他每天早上和晚饭后各遛一次狗——尤其是三岁的西施犬谢波，如果不去胡安米罗公园的狗道上跑上十五分钟，它就会发疯——但最近出门遛狗的次数变成了每天三次、四次，有时甚至是六次、七次。夏维认为，这说明他的抑郁症终于好转了，这无疑是部分原因；但同时还有一个更涉及存在本质的原因。遛狗让夏维觉得自己在挑战系统、在攻击矩阵、在对众神做鬼脸。封锁八天以后，没有通行证的人走在街上会被警察找麻烦，更别提邻居有多恨他们了——但狗，不管是大狗还是小狗，不管是杂种狗还是纯种狗，却可以在城里自由奔跑。夏维很快就发现了其中的商机。尽管他的就业记录十分悲惨，但他一直认为自己是当企业家的料。

第二天，夏维就把消息放了出去——先是对奥利维拉街上这栋弗朗哥时代的巨大公寓楼里的居民，然后是对住在附近的朋友和熟人。康泰萨和谢波可供"短途出游"，时长两小时，酌情收费。立刻有了回应。事实上，同胞们的热切态度令他不安。他意识到得有某种审查机制——他毕竟不是人行道上的皮条客。他深爱他的狗。但是另一方面，他得交房租。

那天晚上，他拿出一只蓝色圆珠笔和若干便利贴，坐下来起草了一份官方规程。步骤一是电子邮件或短信交流，不少于六条信息。步骤二是不短于三十分钟的面试，面对面，地点是公园的狗道上或者夏维家的客厅里。只要谢波表现出一丝怀疑，交易立刻取消，绝无任何通融——康泰萨见任何人都会在几分钟后跳到那人腿上，毫不夸张，任何人的腿它都跳，因此在考察对方人品时不能信它的判断。

为了让筛选更加严格，经过长时间思考，他决定不允许任何有以下情况的人遛他的狗：在最近一次公投中投票给人民党的人，抽烟的人，近视或癫痫病人，走路要拄拐杖的人。他提醒自己，他正在提供一项很有价值的服务：正直守法的公民因为这项服务能拜访母亲、女友或赌马投注站，他的狗得到了锻炼，他解决了债务问题。总体看来，夏维认为这个商业模型新颖、高效、符合社会利益。筛选完第一位客户后——谢波不到五分钟就拒绝了他——夏维开始觉得自己就是波布塞克区的埃隆·马斯克。

第一天的客户鱼龙混杂，这已经是最客气的说法了：一个看起来很虔诚的男人，头顶秃出一个完美的圆形，像圣方济会的托钵僧，声称要去萨利亚拜访患糖尿病的姑姑；一位脚穿网球鞋的威严女人，说需要狗提供的"星象灵修支持"；然后那位托钵僧又来了一趟，这次连出行理由都懒得提供；最后是福斯托·蒙托亚，夏维在上一份工作上认识的朋友，此人正利用当前的自由来监视前女友。夏维拒绝了两位申请人——因为一位投票给人民党（而且抽烟），另一位把这场破坏全球经济、杀死数百名加泰罗尼亚人的疾病称为"cobi"，1992年巴塞罗那奥运会的吉祥物恰好也叫这个名字。把这名男子送出门的时候，夏维感到自己行使了彻头彻尾的正义。

封锁的第十天，也就是夏维业务启动的第二天，在他通常抽第一根大麻的钟点，玛丽奥娜走进了他的生活。她敲了敲公寓的门——当时夏维正在算托钵僧的账，所有迹象都显示后者打算每日造访两次，跟时钟一样准时，直到病毒大流行结束——径直走过夏维身边，没有一句解释来意的话，仿佛她已经和夏维认识几十年了。这让已经为降低饭前烟草摄入量努力了一段时间的夏维颇感迷惑。他请她坐下，一方面是为了争取一点时间，另一方面是因为她至少比他高五厘米，已经给他带来相当大的压迫感。他用一个有裂口的皇家马德里杯子给她倒了杯自来水（尽管他对皇家马德里恨之入骨），然后磕磕碰碰地走完了标准的面试流程。他越来越觉得自己根本不是任何地方的埃隆·马斯克。他开始怀疑被筛选的是他，而不是对面这位跷着腿坐在他沙发上的女人。夏维脑中掌管道德问题的那个稍稍有些生锈的部分刺痛起来：他头一次毫无理由地感到自己刚刚起步的创业项目也许并不那么值得骄傲。玛丽奥娜的话里没有一句直接指向这个议题——可她整个人的样子就是让他觉得自己不配。而且，上述创业项目是她此刻在他房间里的唯一理由，这一事实更是对他理清道德问题毫无帮助。

"你上次选举投了谁？"

"这跟面试有什么关系？"

"没有，完全没有。我只是，你知道的，想更深入地了解——"

"人民团结候选人。"她毫无感情地说，"我是金牛座。我一分钟能打五十个字。我对大蒜过敏。"

她的玩笑给了夏维大笑的机会，他松了一口气。她当然投了人民团结候选人。一个像她这么完美的人怎么可能投其他党派呢[1]？"权力属于人民。"他嘟嘟囔囔地说，同时蹩脚地做了一个举拳的动作。他这时才注意到那只拳头的两个指节上沾了一片芥末酱的污渍。"加泰罗尼亚属于加泰罗尼亚人民——"

"而新冠不属于任何人。"她咧开嘴笑了，"也许我的房东除外。"

"那真是——真是一种美好的感情。我不能更同意了。"他吞下一口气，"最后一个问题。"

"感谢上帝只剩一个了。"

"你介不介意告诉我，你为什么需要我的狗？"

她对他眨了眨眼睛："什么？"

夏维解释说（语气中不乏自尊），他希望了解——当然完全是从狗的利益出发——潜在客户遛他的狗的动机。

"我没有什么动机。"玛丽奥娜说。

---

[1] "人民团结候选人"是极左翼党派，而前文夏维不能接受的"人民党"是一个右翼保守党派。

"但你总有某种原因——"

"我当然有原因。"她看着他，仿佛觉得他脑袋有点迟钝，"因为我喜欢狗。"

这话让夏维闭了嘴。他给她两根狗绳和公寓楼的门卡，然后她就走了。整整两小时后，她把谢波和康泰萨送了回来。她走后他才意识到自己忘了看她的证件。

指望玛丽奥娜像托钵僧那样（一个气味更好闻、不那么虔诚的进阶版托钵僧）第二天再来，未免有些太贪婪，但夏维还是觉得忧郁。现在，他什么也做不了，只能专心工作。开张的第三天，也就是封锁的第十一天，来了两个十几岁的少女，她们自称在兽医诊所工作，却不知道怎么给康泰萨系狗绳；夏维住的公寓楼的管理员也来了，他现在留起了胡子，长得斑斑驳驳、很不均匀，看起来像个胖乎乎的低配版切·格瓦拉；大麻贩子至少来了三个，都用烟草抵充借狗的费用。托钵僧来了两回，付给他的二十欧元装在一个封得严严实实的蓝色信封里。信封闻着隐隐有玫瑰水的气味，这让夏维毫无理由地非常恼火。他用自认为足够尖锐嘲讽的语气问，那位住在萨利亚的糖尿病姑姑身体怎么样，但托钵僧根本没理会这个问题。

一天过去了，然后是两天，四天，一周。康泰萨和谢波从未获得如此多的锻炼，经他严格审核的客户似乎待它们不错。然后——在封锁的第二十二天，他早已放弃了所有希望——玛丽奥娜回来了。这次她戴着口罩，看起来像是用睡裤缝的；可在佩斯利图案的绸布上方，那双眼睛明显比上次来时更热情了。夏维熟悉那种热切而绝望的眼神，那是连续数周的痛苦和无聊的产物。他自告奋勇地提出陪她遛狗，甚至连个借口都懒得找，而她并没有拒绝。他们沿着兰布拉大街慢慢逛到加泰罗尼亚广场，玛丽奥娜牵着康泰萨，夏维牵着谢波。当他们走到画家福尔图尼路的转角，经过那家橱窗上钉了木板的电子产品店旁边的公共小便池时，夏维产生了一种病毒大流行开始以来从未有过的感觉：知道未来会发生什么的感觉。

她是庞培法布拉大学的学生，正在读社区组织专业的硕士。夏维从不知道组织社区还得专门读个学位。她在佩德拉比长大，那是城里的富人区，但她住那里只是因为她父亲在一个富老头家当园丁，富老头的营生和给葡萄酒贴标签有关，处于合法和不合法的边缘。夏维想不起她嘴唇的样子，无法精确地记起那形状——她始终迷人地严格遵守佩戴口罩的要求——但他没有理由觉得她嘴唇的形状不够可爱。这次出游的高潮,也就是他们隔离之恋正式开始的时刻,是他们看见那张熟面孔的那一刻——不是别人,正是托钵僧本人。他显然不是朝那位住在萨利亚的可怜姑姑家的方向走,而且他正牵着两只完全不同的狗。

不到一周后,玛丽奥娜已经在夏维的公寓里隔离。她抽他的大麻,并且事实上接管了他的业务。夏维毫无怨言——他告诉我,基本上,她负责说话,而他试图跟上她的节奏。她对他来说太聪明了,或者至少是太高功能了。那是一段充满魔力的时光——和你想象的一样,但又令你不安,因为那太像一场梦,太不可能,让你不敢完全相信那是真的。但话又说回来,夏维这样提醒自己,如今所有事情感觉都不像真的。生活,他熟悉的生活,世界上所有其他人熟悉的生活,似乎在一夜之间被另一种东西取代,被二流科幻小说中的某种生活的近似物取代。如今还有什么东西能让人不假思索地相信呢?

在五月的一次线上莫吉托小酌活动上,夏维给我讲了这个故事。他说那是他的"封锁童话"。巴塞罗那的封锁已经解除,他也重回从前的样子:失业,忧郁,大麻抽得有点过头，所以不能给这童话加一个完满的结尾。和玛丽奥娜的事已经"顺其自然地结束"，他解释道——但他毫无怨言。性爱很棒，他学到了很多关于社区组织的知识，她也真心赞赏他的厨艺；可是，当封锁终于解除，人们又能自由流动时，他的生意和他的恋情都像烟雾一般消散了。在那超现实的六周中，他和玛丽奥娜有过某些共同点；然而突然之间，那些共同点都消失了。这样的事情时有发生，尤其是在战争、瘟疫或饥荒时期。但他们之间还是有可能的，夏维坚持这样说——他们有可能建立一个真正的家，安定下来，甚至可能还能生几个孩子——要是封锁永远不解除的话。

四十分钟的活动时间即将结束，我试图抓住剩下的一点时间鼓励可怜的夏维打起精神来。你永远不知道未来会发生什么，我向他指出。巴塞罗那又是一座开放的城市了。未来会带来什么，谁又能说得准呢？

"我也这么想，"夏维说，心情似乎晴朗了一点，"你打来电话的时候我正在看新闻。据说今年秋天也许会有第二波病毒……"

ONE THING
BY EDWIDGE DANTICAT

一件事

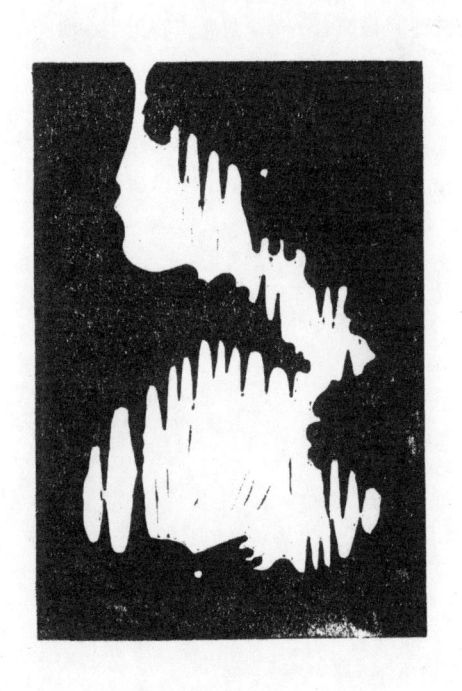

埃德温奇·丹蒂卡特

Edwidge Danticat

美国作家。著有多部作品《呼吸，眼睛，记忆》《骨头的耕种》《破露者》等。丹蒂卡特出生在海地，12 岁时移居美国。

她梦见洞穴,梦见他迷恋的岩石和矿物。在梦里,他告诉她,不能触摸从岩洞地面升起的柱子,那会让石笋死亡。她大笑起来,说也许这就是现在没人住在洞穴里的原因之一。他纠正说:"也许在布鲁克林没有,但在其他地方仍有人住在洞穴里。有时是天气所迫,比如飓风期间或之后,有时是战争时期。躲藏,或者为了获得保护。"

他再次告诉她,他很想去看那些"美得令人不能呼吸的"——尽管他已经不爱用这个词了,现在他可能会说"美得令人羡慕的"——几百万年前的洞穴。那些洞穴里有深达几千米的坑道、峡谷和竖井,甚至还有瀑布,有五彩缤纷的花岗岩拱门、透明石膏、冰珍珠、萤火虫。那些岩洞太美了,美得会灼痛你的眼睛。

他再也不能这样说话了：他的身体随每个字句震动，拳头因兴奋而挥舞，脑袋左右摇晃，仿佛总想给他教的地球与环境科学课上的高二和高三学生创造满满一屋的热情。在家里，他的句子变得短而不完整，从他看起来还不像有病的时候就开始这样。他开始像她那些新来的表亲一样，简略地吐出一种借来的语言，而他们从出生就耳濡目染的语言却在慢慢消逝。

今年夏天，他们本打算去参观他们父母故乡的岩洞，在海地南部她母亲出生的小镇附近。

"其中一个岩洞跟你同名。"他说。当时他们决定不收结婚礼物，而是让亲朋好友为他们的蜜月旅行捐款。那岩洞和她一样，叫作玛丽-让娜·拉玛蒂尼，一位在海地革命中女扮男装、和丈夫并肩抗击法国殖民军的护士兼战士。

"我该打扮成什么样，才能看到你，为你战斗，和你一起战斗？"现在她这样问他，"是扮成医生，还是牧师？你是无神论者，如果你醒来，要求改变信仰，他们会允许你见牧师吗？"

她想起他急促的呼吸，于是一下子从梦中惊醒。在近来一轮高过一轮的恐怖中，最让她害怕的不是他的沉默,也不是呼吸机喘息的节奏(那声音已经响了好几小时),而是医护换班时会有人透过放在他耳边的电话听筒对她说话。电话那头那个筋疲力尽的女声,音调如此迅速而戏剧化地起伏,让她觉得那是无伴奏乐团里的女中音独唱——那声音故意打起精神,十分振奋地说:"早上好。你是雷的一生挚爱吗?"

你怎么知道的?她想这么问。当然他们会做记录的,在 iPad 上或记事本上,好让换班的人都能看到。小小的细节让这里的服务与众不同,个性化。还有可能是夜班护士听懂了她说的那些话。也许他记录下了玛丽-让娜哭喊出的每一个字:"他的名字叫雷蒙德,但我们叫他雷。他是我的一生挚爱。"

"你们两人整夜聊什么呢?"早班护士问。她会提醒护士给电话充电,好让她能再在他耳边说话(也许是今天上午晚些时候,也许是今天下午,也许和昨天一样是晚上)。在那之前,玛丽-让娜睡眼惺忪地用她沙哑的、女低音般的声音答道:"洞穴。我们在聊洞穴。"

他们并不总聊洞穴。在为期四个月的恋爱期间(从欢迎新科学老师就职的迎新会,到新年夜的婚礼——在他父母开在夫拉布特什大道上的餐馆里办的），他们会聊各种旅行，不仅仅是岩洞。毕竟，这是他们的职业优势之一，能利用暑假打卡遗愿清单上的地点太幸运了。他描述他们计划进行的旅行，就仿佛他们已经去过似的。他想跟她一起，从赞比亚的下赞比亚国家公园周围的河谷出发，坐蒸汽火车到维多利亚瀑布大桥。他希望在要孩子之前他们能一起去爬马丘比丘，在加拉帕戈斯群岛和企鹅一起游泳，坐在玻璃冰屋里看极光。但在那之前，他们先得完成延期的蜜月之旅，去看以她的名字命名的岩洞。

挂断和护士的电话，她立刻开始想象自己开车到了医院，围着主楼转圈。她会把车停在前门旁的枫香树下。平时，这条街直通大厅，访客在那里签到，然后进入通向医院内部的迷宫。一天前，她把他送到大楼的另一侧，急诊入院处。两个穿得像宇航员似的人用轮椅把他推了进去。那时他还能自主呼吸，甚至还能转过头来对她挥手。那不是告别的手势。去吧，面罩下的他似乎这么对她说，飞行员的护目镜起了雾，看不清他紫色的眼睛。你后面还有好多人排队等着呢。

她想知道现在他在医院的什么地方，哪层楼，哪个病房。夜班护士不肯说，也许是怕她或其他人冲进大楼，跑进那层楼，要握住爱人的手。护士只说他们把他照顾得很好。

"我知道，"她说，如果生病的是她，他也会用这种语气吧，"我知道你们尽力了。"

她想，今晚她要在电话里再放几首他最喜欢的妮娜·西蒙。昨晚她放了十六遍《狂野是风》——为纪念他们十六个月的婚姻生活。在他们的婚礼上，所有宾客都期待着搞笑的小插曲，比如他们跳第一支舞的时候突然来一段嘻哈，他用蹩脚的霹雳舞打断忧伤的爵士乐，但整整七分钟的现场录像里，他们一直在跳舞，脸贴着脸。你吻了我。我的生命随着你的吻开始。你是我的春天。是我的一切。你难道不知道，你就是生命本身[1]？

她可以回拨电话，请护士现在就放这首歌给他听，但现在是白天，病房里也许太忙。到处是匆忙的行动，机器发出蜂鸣，冲向那些机器的脚步声，不管是歌词还是旋律，都会被那些声音淹没。不管怎么说，也许夜晚

---

[1] 这一段是妮娜·西蒙的《狂野是风》的歌词。

才是他们最需要安慰的时刻，他要逃脱他的噩梦，而她要逃脱她的噩梦。

她没意识到自己睡着了，直到电话铃响起。她从他们的黄色被子里一把抓起听筒，同时揉着眼睛赶走睡意。她能听见从收音机里传出的克里奥尔语新闻广播，在她父母的公寓里，那台收音机从没有关上的时候。她给他们定的食品已经送到，他们对她表示感谢。然后他们问她丈夫怎么样。她说："还是那样。"

他父母来电话时，她问今晚她给他打电话时他们要不要加入。他们可以给他讲故事，民间故事或者家族趣事，让他想起他小时候喜欢过的、珍爱过的东西。

"给他一个回到我们身边的理由。"他母亲说。她总结了玛丽-让娜想说却说不清的东西。

"但这不完全由他决定，不是吗？"他父亲插了嘴。他的声音听上去很遥远，似乎他在另一间房间里的另一台分机上说话，而不是对着妻子手机的扬声器。

"我知道他想回到我们身边。"她婆婆说，"我们每时每刻都在祈祷。我知道他会回来的。"

他们想参加一个在网上举行的葬礼，也许她能帮忙设置一下，他父亲说，一位"滑落"了的好友的葬礼。

他说"滑落"一词时语气如此平淡，玛丽-让娜一开始误以为他的朋友只是在浴缸里或者楼梯上"滑倒"了。

"我们收到一个链接和一个密码。"她婆婆说。她用短信把链接、密码和说明发给玛丽-让娜，玛丽-让娜在电话里教他们用笔记本电脑加入私密葬礼组，一通指导后竟弄好了。挂断电话前，玛丽-让娜听见婆婆问公公："你确定你能参加吗？"

玛丽-让娜用那个链接连上了葬礼现场。摄影机似乎是从殡仪馆小教堂屋顶一角进行的拍摄。是场双人葬礼，夫妇两人，结婚四十五年，相隔三天死亡。他们出席过她的婚礼，还给他们的蜜月基金捐了两百美元。他们是她公婆最老的朋友之一。他们的三个女儿、女婿们，和孙辈中最年长的四个坐在椅子上。那几把椅子仿佛摆在巨大的棋盘上，两两之间空一格。两口棺材上垂挂着一模一样的紫色丝绒棺衣。玛丽-让娜不等任何人说话就关了页面。

以她的名字命名的洞穴有五公里长，年龄超过一百万年。他曾经说过，第一个厅有两层楼高，地面是浅褐色的。再往里走，有的厅里有圣母玛利亚和婚宴蛋糕形状的钟乳石。洞穴中最深、最暗的那些厅里，其中一个被探险家命名为"深渊",在那里你可以听见自己心跳的回声。

今晚,也许她会把他告诉她的关于洞穴的一切重新对他讲一遍。她会提起,他们相识后不久,她曾显得有些犹豫,不知道要不要如此迅速地"投入"到这段关系中。他叫她每次只关注一件关于他的事,一件能让她忘记其他一切的事。那件事今天是洞穴,明天也许是妮娜·西蒙(又是她),后天也许是他谈起他爱的东西时摇头晃脑的样子,或者是她只要透过那副书生气的眼镜,看进他的眼睛,就能猜出他下一步要干什么。

电话铃又响了。还没意识到自己在做什么,她已经本能地伸手抓起电话。还是早上那位护士,她不久前还努力用那么活泼的语气说话,此刻却似乎小心翼翼地斟酌着字句。

"我本想早点告诉你的,"护士说,"在你丈夫的入院文件里,有几句话是写给你的。不知道是否有人告诉过你。"

玛丽-让娜一边等着更沉重的判决,一边轻轻答了一声"没有",声音轻到对方没听清,她不得不把这个词重复一遍。

"你想要我读给你听吗?"护士问。

玛丽-让娜停顿了一会儿。她故意拖延时间,如果还有其他的消息,也许这样就能把它推迟一会儿。

不管那些话是什么,她不想由一个陌生人的声音读给她听。

她很确定。她想听她用自己的声音读出那些话,或者,如果运气更好,她想听他亲口对她说。

"我可以把截屏用电子邮件发给你。"护士说,"有人已经拍了照片。"

"好,请发给我。"玛丽-让娜回答。

手机上弹出新邮件通知时,她已经知道,她根本不用读内容就知道他会写什么。雷在一张白纸上写道:"玛-让,狂野是风。"

那几个潦草的字看起来是由一只颤抖的手匆忙写出来的。"玛-让"写在一条直线上,但接下来的字在纸上一路向下滑,形状和大小都不断退化,到了最后一个词,她甚至无法百分之百确定那是"风"字还是"翅"字。

她记得他曾告诉她,在玛丽-让娜岩洞里,声音有重量,以波的形式传播,那波浪如此强劲,也许能把最脆弱的岩溶震碎。她想象自己站在岩洞的最深处,在深渊中,再次听见他们在婚礼上跳舞时他在她耳边的低语。一件事,玛-让。现在这就是属于我们的那一件事了。

图书在版编目（CIP）数据

十日谈 / 美国《纽约时报》杂志编；鲁冬旭译. —长沙：湖南文艺出版社，2023.8
ISBN 978-7-5726-1246-6

Ⅰ.①十… Ⅱ.①美… ②鲁… Ⅲ.①短篇小说-小说集-美国-现代 Ⅳ.①I712.45

中国国家版本馆CIP数据核字（2023）第108174号

THE DECAMERON PROJECT: 29 New Stories from the Pandemic
Copyright © 2020, The New York Times Company
All rights reserved
Simplified Chinese edition copyright © 2023 Shanghai Insight Media Co.
All rights reserved

著作权合同登记号：18-2021-223

十日谈
SHI RI TAN
《纽约时报》杂志 编　鲁冬旭 译

出版人	陈新文
出品人	陈垦
出品方	中南出版传媒集团股份有限公司
	上海浦睿文化传播有限公司
	上海市静安区万航渡路888号开开广场15楼A座（200042）
责任编辑	刘雪琳
美术编辑	凌瑛
责任印制	王磊
出版发行	湖南文艺出版社
	长沙市雨花区东二环一段508号（410014）
网　址	www.hnwy.net
经　销	湖南省新华书店
印　刷	河北鹏润印刷有限公司

开本：889mm×1194mm　1/32　　印张：11.5　　字数：168千字
版次：2023年8月第1版　　　　　印次：2023年8月第1次印刷
书号：ISBN 978-7-5726-1246-6　　定价：68.00元

版权专有，未经本社许可，不得翻印。
如发现印装质量问题，请联系出版方：021-60455819

浦睿文化
INSIGHT MEDIA

出 品 人：陈　垦
策 划 人：仲召明
监　　制：余西　普照
出版统筹：胡　萍
编　　辑：曹晓婕　鲁佳音
装帧设计：Sophy Hollington
美术编辑：凌　瑛

欢迎出版合作，请邮件联系：insight@prshanghai.com
微信公众号：浦睿文化